ニューカルマ

新庄　耕

集英社文庫

ニューカルマ

一

「いましたよこの娘、絶対」
脇谷さんが冗談めかして言葉を継いだ。

十坪あまりの喫茶店は、ダークスーツを着た界隈の勤め人で埋めつくされている。厨房の調理音やざわめきが絶えない。各テーブルから間断なく立ちのぼる煙草の煙が天井付近に滞留し、店内はうっすらと白んでいた。

「こんな奴いたっけ？　全然わかんないわ」

テーブルにひろげられた週刊誌に目を落としながら、井野さんがゆっくりと煙を吐き出す。

すぐに勢いが衰え、翻弄されるように上昇していくと、鎖状にのびた煙は輪をつくりかけてうやむやになった。

「ほら、いたじゃないですか。井野さんも、あっちに打ち合わせ行ったとき、たぶん何度も見てますよ」

薄笑いを浮かべた脇谷さんが、断定した口調で返した。格子柄の薄紺のジャケットに、春らしい淡いピンクのニットタイをしめ、胸にさした薄紅(うすべに)のポケットチーフが花の形に開いていた。

週刊誌のグラビアページでは、横座りした赤いビキニ姿の若い女が、挑発的な視線を送っている。

「確かに、いましたね。もっと地味な感じでしたけど」

以前、その女がかっちりした制服をまとって親会社の受付に座っていたことは僕も覚えていた。

「井野さんは全然仕事してないからわかんないんじゃないですか、やっぱり」

脇谷さんが顎にかかるほどの長い前髪をかきあげ、隣に目をむける。

「ばーか。関係ねえだろ、んなの」

井野さんが噴き出すように笑った。黄色く変色した歯列がのぞき、頭頂部近くまで後退した額に脂が浮いている。

「大丈夫だいじょうぶ。心配しなくても、お前らもいずれ俺みたいに窓際にちゃんと追いやられるから」

井野さんが嬉(うれ)しそうに口元をゆるめながらつづけた。

「課に自分だけしかいないっていいよ、気楽で。残業なんてないから定時に帰れるし。

お前らも、出世しようなんてくだらないこと、間違っても考えない方がいいよ。どうせやるだけ無駄なんだから」

週刊誌をのぞき込んだまま脇谷さんが声を出して笑い、僕もつられて体を揺すった。

「井野さんっていつも神妙そうな顔してパソコン触ってますけど、あれって何やってんですか。ちょっと席離れてるから、わかんないんですよね全然」

脇谷さんが煙草をくわえ、井野さんの深緑色のライターにためらいなく手をのばす。火をつけると、〝みゆき〟とスナックの名前が白く印字された面を表にして、灰皿の横に置いた。

「そりゃお前あれだよ、真面目にネットサーフィンよ」

頭上に煙を吐き出す脇谷さんに代わって、僕は訊いた。

「調べものか何かですか、資料とかに必要な」

「仕事に資することも、まあ、ひょっとしたら間接的にはあるかもな。まず、ナイターの結果だろ、メジャーリーグだろ、それから芸能ニュースチェックして、ブログ見て。でもそれだと午前中しか持たないから、午後はなんか人生相談とかやってるサイトで適当にコメントしてれば、まあ、大抵は定時までいけちゃうね」

開き直った態度に、井野さんだけには相談に乗ってもらいたくないと脇谷さんが混ぜっ返し、テーブルにまた笑い声が湧いた。

週刊誌をめくりながら冗談を言いあっている正面の二人を面白がって見ていると、テーブルの上のスマートフォンが振動しているのに気づいた。ディスプレイには、未登録の番号が示されている。昨晩かかってきたものと同じ番号だった。

端末の振動はなかなか止まない。

「すみません、ちょっと電話してきます」

二人に断ると、脇谷さんが誌面に視線を落としたまま片手をあげた。僕は席を立ち、通路で忙しなく皿を運んでいる従業員を避けて外に出た。

ビルの間を吹き抜ける春の風が、白い花に似た総苞をまとうハナミズキの枝葉を激しく揺らしている。若干の肌寒さを感じながらも、陽の光がまぶしい。

震えつづけている端末を操作し、耳に当てた。

「あっ、ユウちゃん、久しぶり。俺、シュン」

少年のそれを思わせる高い声が聞こえ、幼さの残る顔がうっすらと呼び起こされた。

「ああ……何だ、シュンか」

平静をよそおって言ったつもりが、かえってわざとらしい口調になった。

大学時代の同級生だった。初年度の必修科目のクラスで話すようになったが、専門課程に分かれてからは接点もなくなり、たまにキャンパスで会えば挨拶する程度の仲だった。最後に話したのはいつだったか。卒業から今日までの五年間、全く交流がない。

「何度も電話しちゃってごめんね。いや、ユウちゃん、最近どうしてるかなって、ちょっと思って」

遠慮がちな相手の声が、通りを往来する車の走行音に重なる。

小柄で、垢抜けない風貌のせいもあり、周りからはまるで中学生のようだとしばしばからかわれていた。性格もまた外見に合わせて控えめだったが、今もそれは変わっていないらしい。

けたたましい音を立てながらトラックが通り過ぎる。

スマートフォンを耳に当てたまま、ひっそりとした路地裏に足をむけた。

「ユウちゃん、確か、モリシタ行ったんだよね。超大手じゃん。俺たちの大学から行ったんだもんね、すごいよね」

どこかで誤解が生じているらしい。大手総合電機メーカーのモリシタは親会社で、実際は、電子部品の製造を主な事業とするその関連会社に勤務している。

「まあ……そう、だね」

意に反した言葉が口をついて出た。

「そっちは？」

卒業後は、教育関連の企業に就職したと人づてに聞いた覚えがある。今もそこに勤めているのだろうか。

「最初はそこだったけど。もう辞めちゃった」

受話口のむこうでひびかせる軽い笑いは、明らかに無理をしているように聞こえた。

生返事が出るだけで、気の利いた言葉が浮かばない。

就職先が、シュンの希望したところではないということは知っていた。常に自分の利益を後回しにする彼の態度が、就職競争に有利に働くとは僕を含め誰も思っていなかった。入社後も、そうした謙虚さが周囲からは弱さと受け止められて、乗り越えがたい困難にぶつかってしまったのかもしれない。

言葉を探しているうち、シュンも黙った。

弁当の袋をさげた三人連れの女性が、財布を小脇にかたわらを通り過ぎる。明るくはずんだ彼女たちの声が耳にとどき、すぐに遠ざかってゆく。

重くのしかかってくる沈黙から逃れようと、口を開いた。

「でも、どうしたの。いきなり電話なんかかけてきたりして」

「うん……別に大した用じゃないんだけどね、ちょっと」

シュンが小さな声で答えた。

何かを話そうとする空気をつたえながら、その何かを避けている。シュンの電話してきた意図が読めなかった。

腕時計に眼をやると、昼休みの終わる時間が近づいている。

「ごめん、シュン。そろそろ会社戻らないと」

僕は井野さんたちの待つ喫茶店に足をむけた。

「あ、うん……ユウちゃんあのさ、今度の週末、えっと、別にいつでもいいんだけど、ちょっとだけ会えない？」

媚びるようなねばりが付着し、おそろしく歯切れが悪い。聞いている方が、落ち着かなくなってくる声だった。


「鳴ってるぞ」

パエリアを口に運ぼうとする手を止めて、脇谷さんがこちらに目をむけた。テーブルに置いていたスマートフォンが振動している。

端末の画面を見ると、シュンからだった。

「出なくていいの？」

カップのコンソメスープをスプーンで掬いながら、井野さんが怪訝そうな表情を浮かべている。

またあとでかけ直すのでと二人に言い、僕はズボンのポケットに端末を突っ込んだ。

「何、もしかして昨日の友達？　ネットワークビジネスの勧誘は滅茶苦茶しつこいし、勧誘してくる奴が知り合いとかばっかだから断りづらいんだよな。お前、中途半端な態度とってるとなかなか諦めてくんないよ、それ。きっぱり断んないと」

あからさまに井野さんの声は喜色に満ちていた。表情にも真剣なところはない。

「はい、わかってます」

目で笑いながら僕は答えた。

太腿(ふともも)に触れる端末が、規則的な振動をつたえてくる。

「何か知ってるような言い方ですね。やったことあるんですか、そのネットワークうんちゃらってやつ」

脇谷さんは井野さんを一瞥(いちべつ)し、ムール貝を指でつまみあげて身にかじりついた。

「お前、誰からも誘われたことないの？　そっちの方が珍しいよ。保険の営業と同じくらい、いや、それ以上かな。なんか微妙な友達とかさ、親戚とか、来るから普通は」

井野さんの大きな笑い声で、周囲の客が何人か振り向いた。

地中海料理を出すこの店は、いつも行く喫茶店が満席で入れないときにしばしば利用するが、タイル貼りの床に漆喰(しっくい)の壁で、巨大なファンがゆるく回転する天井は高い。物音や話し声がよく反響した。

スプーンを動かしながら、井野さんの講釈に耳をかたむけているうち、次第にネットワークビジネスという言葉が頭の中にある断片的な知識と重なりはじめた。

僕がその存在を知ったのは、学生の頃だった。大学の事務局が誘いに乗らぬよう注意をうながしていただけでなく、実際にキャンパス内でネットワークビジネスの活動をしている連中がいるという噂も耳にしていた。ただ、シュンから電話をもらうまでは自分自身が勧誘をうけたことはない。

ポケットの振動が止んだ。

「へえ、そんなのあるんですね。全然知らないですよ。そもそも何なんですか、それって」

脇谷さんが不思議そうな顔で訊ねる。

お前は本当に友達少なそうだもんな、と笑って井野さんが食べる手を止めた。

「ネットワークビジネスってさ、一時すんげえ流行って、うちのカミさんなんかも近所の付き合いでやってたことあるんだけど、鍋か何か買わせるためにホームパーティーとかやって。要はさ、ねずみ講っていうか、マルチだよ、マルチ」

「そうみたいですね」

僕は井野さんを見て、相づちを打った。

大学の事務局による説明でも、ネットワークビジネスはねずみ講やマルチ商法と同じものとして扱われていた。甘い言葉に騙され、学生にも多数の被害者が出ているため、十分に気をつけてほしいと話していた職員の言葉を思い出す。

「寝てても儲かるとかいって飛びついたんだよ、みんな。でも、実際はな、全然そんな旨い話なんかじゃねえの、当たり前なんだけど。借金とか自殺とか色々問題になって、マスコミがさんざん騒いだんだから」

脇谷さんが腑に落ちない様子で、新興宗教のようなものなのだろうかと井野さんに訊ねている。

「まあ、ざっくり言うと、そういうことになんのかもな、宗教ってわけじゃないんだろうけど。でも、はまってる奴なんか今時いるんだな」

井野さんが立ち上がる。珈琲カップを手にした脇谷さんもつづいて腰をあげ、

「お前、もういいの?」

と、僕の方を見た。

飲み物やサラダはビュッフェ形式になっていて、好きなだけ追加できるが、もうじゅうぶん空腹は満たされていた。

「僕は大丈夫です」

二人が何か言葉を交わしながら、大皿のならんだ店の奥のカウンターにむかうと、テーブルは店内の喧噪につつまれた。

椅子に背をあずけ、コップの水に少しだけ口をつけた。前日、電話を切る直前に勧誘の目的を明らかにしたシュンの、しがみつくような声が頭をかすめる。

この五年の間に何があったのだろう。

学生時代の彼の印象といえば、生真面目で大人しく、身なりにも無頓着で金銭や出世に対する意欲は人一倍薄かった。大金を餌に惑わしてくるいかがわしいネットワークビジネスなどに関わるタイプにはとても思えず、惑わされることはありえても、間違っても惑わす側にまわる人間には見えなかった。

二人の話し声が聞こえ、近づいてくる。

「昼間っからそんなの大丈夫ですか」

カップをテーブルに置きながら、脇谷さんが面白そうに口元をほころばせた。見ると、井野さんが、ケーキの盛られた皿と、ほんのり黄に色づいた白ワインのグラスを手にしていた。

「サービスなんだから、お前らも呑(の)んどけって。どうせ、お前らなんかいてもいなくても業務に支障きたさないんだから。人生楽しまないと損だよ」

充足した表情で井野さんがグラスをかたむける。

脇谷さんがいささか困惑した笑みをこちらにむけ、僕もつられて苦笑し、同意できないという風に首をかしげた。

昼食から戻ると、経理の担当者から稟議(りんぎ)書類の不備を指摘された。前日に提出してあったキャンペーン用のＷＥＢサイトに関するもので、午後はその対応に追われたが、杓子定規(しゃくしじょうぎ)な判断で幾度も書類を突き返してくる経理との交渉に苦戦を強(し)いられ、承認がおりるまでにひどく時間がかかってしまった。

席を立ち、両手を突き上げて体をのばす。全身の筋肉がこわばっている。

フロアを囲う窓ガラスに眼をやると、いつしか日が落ち、外は闇に塗られている。天井に整然とつらなる蛍光灯の白い光が反射し、ぼんやりと室内の影が映し出されていた。

やりかけの資料の作成にまだ何も手がつけられていない。上長に頼まれたもので、週明けの会議に必要なため、今日中に片付けなければならなかった。

近くのコンビニエンスストアで飲み物を買って戻ってくると、廊下で井野さんとすれ違った。

「眠すぎてやばいから、軽くトイレで休んでたわ」

井野さんは両手を頭上にひろげ、太鼓腹を突き出して大きく欠伸(あくび)をした。

「ワインなんか呑むからですよ。まだ帰らないんですか」

定時はとうに過ぎている。この時間まで井野さんが残っているのは珍しい。

「よくわかんねえんだけど、何かこのあと会議入ってんだよ。早く帰らせろっつうの」

たまには残業も悪くないですよと軽口を叩くと、

「ふざけろ」

井野さんは笑いながら別階の会議室にむかっていった。

再び作業にとりかかったものの気分が乗らず、二十一時を過ぎても終わる目処が立たない。残りの箇所は、適当に他の資料から流用して体裁を繕うことにし、人数分の部数を印刷した。

コンピュータの電源を落として立ち上がると、井野さんの席が視界に入った。まだ会議が終わっていないらしく、机の下には鞄が置かれたままだった。持ち手の部分に、野球のバットとグローブを模した真新しいキーホルダーが下がっている。少し前、子供からもらったのだと満更でもなさそうに話していた。

ほとんど人の残っていないオフィスをあとにし、外に出る。

舗装された路面に冷たい夜風が吹きつけ、体の余熱を取り去ってくれる。勤めを終えて帰途につく人たちの背中をながめながら、駅の反対側にひろがる繁華街にむけて歩いた。

繁華街の裏通りは街灯ばかりで薄暗い。歩行者もまばらだった。両側に雑居ビルのつらなる路地の先で、乳白色のやわらかな光がほのかに漏れている。

歩み寄り、白壁に配された格子窓の中をのぞく。十数席からなるカウンターに、一席だけ空きがあるのが見てとれた。

「あら、いらっしゃい」

重い木の引き戸を開けるとアヤさんが微笑をむけていた。一辺が短いコの字のカウンターの中で、ワインボトルに突き立てたオープナーをまわしている。

「こちらどうぞ、今片付けるから」

壁際の台に鞄を置き、腰を下ろした。

抜いたコルクから手際よくオープナーを外すと、アヤさんは深紅に染まったコルクの裏を鼻先に近づけて香りを確認し、カウンターに置かれた二脚のグラスにそそいでいく。三十代前半と思しき女性客二人が、その様子を談笑しながら見つめていた。

「今日はどういたしましょう」

ワインをそそぎ終えたアヤさんが僕の前に来て、カウンターの上にフォークとナイフをならべていく。

壁にかかった黒板のメニューに目をむけると、チョークで何度となく書いては消されつづけてきたせいか、うっすらと以前の文字が残っている。

夫妻で切り盛りするこの店を最初に訪れたのは、四年前の春のことだった。社会人二年目を迎え、仕事にも生活にも少しずつ余裕が出てきた頃だったが、さりげない気遣いの中、周囲の大人と同じように接してくれたことがひどく嬉しく、以来、通いつづけている。

黒板の中から何皿か選び、ビールを頼んだ。

「今、終わったの？　お仕事」

数種類の前菜を盛りつけた白い器をカウンターに置くアヤさんに目をむけ、そそぎたてのビールを呑みながら頷いた。

「大変なのね。でも、当然なのかしら。それぐらい大きな会社だと」

首を振って否定したものの、自然と頬がゆるむのが意識された。

ビールからグラスのワインに移り、三杯目を頼んだときには、二十三時を過ぎていた。カウンターに座る客は半分ほどに減っている。

「でもさ、こんなにいっつも繁盛してたら、儲かってしょうがないでしょ」

斜向いに座る二人の男性客のうちのひとりが、アヤさんに話しかけている。男は四十年輩に見え、チェック柄のシャツの上から黒のダウンベストを羽織り、無精髭をはやしている。顔は朱に染まり、かなり酒が入っているようだった。

「何をおっしゃいます。今日みたいな日だけですよ、金曜日だし。ちょっと雨なんか降ったりするだけで、全然なんですから」

アヤさんは、にこやかな表情を維持したまま、大きなチューリップに似たワイングラスを布巾で磨きながら無精髭に応じている。

「まあでも、自分で商売やっていくってのは本当に大変なことだよな……フランチャイズだからってな、本当に。夢見んのは簡単なのに。会社辞めて気づいたよ」

連れの男が静かに相づちを打っている。こちらは勤め人なのかもしれない。紺のスーツに青いストライプのネクタイを首元まできっちりしめていた。

「だってよ、客がひとりも来なかったら、売り上げも給料もゼロだよ、ゼロ。入ってこないどころか出るもんは出るからマイナスだよ、マイナス。借金も返さなきゃなんないし、クソッタレ本部に上納金も納めなきゃなんない、家賃だって光熱費だって払わなきゃなんない、スタッフの給料もそう、税金もそう。家族だって、え、養わなきゃなんない」

無精髭が、手に持ったビールグラスをしきりに置き直す。にぶい低音がカウンターを通じて伝わってくる。

アヤさんと目が合った。微笑をこちらにむけたまま、ブラウスに包まれたうすい肩をさりげなくすくめる。

「リーマンじゃ考えらんねえだろ、えっ。お前はマジで気楽でいいよ」

無精髭が連れの男にむかって大声を出すと、店内の話し声が止み、鍋の沸騰(ふっとう)する音がひびきわたった。厨房の奥でアヤさんの夫が客席の方を気にしている。

気詰まりになり、アヤさんに会計を頼んだ。

「このあとは？　いつものバー？」

カードと明細書を財布にしまいながら、まっすぐ家に帰ると答えると、

「嘘ばっかり」

と、アヤさんが笑った。

「竹田さんって、お住まい中野だったわよね」

「今は、自由が丘です」

昨年の冬に引っ越した。築年数が浅いだけでなく、建材にコンクリートやガラスを多用し、ベランダからかすかに東京タワーが望めるマンションとあって、それまでの家賃の倍近い。かなり思い切った転居だった。交際相手もいない現状では結婚は考えられず、独り身の暮らしが今後もつづくような気がしていた。

「また気取ったとこ住んで」

からかうアヤさんに再訪を約束して、席を立つ。

無精髭がきつい口調でまだ何か話している店をあとにし、酔いで軽くなった足を近くのバーにむけた。

繁華街のメイン通りでは、ひしめきあう飲食店がにぎやかな活気を放ち、あふれた電光の一部が闇だまりににじんでいた。四つ辻には何人もの客引きがたむろし、威勢よく客を呼ぶ中、陽気な声がそこかしこで湧き上がって、駅へ急ぐ人と河岸を変える人とが交錯している。

ズボンのポケットに左手をつっこみ、酔客をかわしながらゆったりと歩いた。熱くなった顔をなでる冷たい夜気が、無性に心地よく感じられる。

軒を赤い提灯で囲った立ち呑み屋の角を曲がってすぐ、鞄に入れてあったスマートフォンが振動した。

取り出して発信元を確認すると、シュンの名が見えた。少し迷って、端末を鞄に戻す。持ち手を通して右手に振動がつたわってくる。

酔いつぶれたのか、若いスーツ姿の男が、まばらに自転車のならんだ路傍にくずおれている。同僚と思しき四人の男女が破顔して取り囲み、何かからかいながら男の両腕をとって引っ張りあげていた。

彼らの笑い声が背後にしりぞき、街の喧噪にまぎれていく。地下につづくバーの入り口が見えたところで、振動は止んだ。


新幹線が仙台駅に定刻通り到着し、他の乗客につづいてホームに降り立った。冬の気配をわずかに残した空気が、東京との距離を思わせる。

上着の前を閉めながら、改札口にむかった。

週末を利用しての帰省だった。去年の暮れは、ひとり沖縄の宮古島にあるコテージで休暇を過ごしていたために帰ることができず、年に一度ぐらいは顔を出さなければという思いはありながらも、仕事の疲れを理由にこの日まで先延ばしにしていた。

駅前のロータリーに行くと、軽やかに連打されたクラクションが鳴った。ハザードランプを点滅させながら、緑色の艶めいた車が路肩の端に駐車している。

運転席に近寄ると、スーツ姿のタケシが右手をあげた。三年前に比べ、顔にかなり肉がついているが、目尻に深い皺をよせる笑い顔は何も変わっていない。

ドアを開けて、鞄を抱えながら助手席に身を入れた。

「元気そうだな」

タケシが、手をさし出してきた。普段はまずそうする場面など訪れない、素朴だが大袈裟な行為が、こちらをひどく照れくさくさせる。

選挙を手伝えなかったことを詫び、相手の手を握ると、僕の顔に眼を据えたまま、無言で強く握り返してくる。自身の感情をこれほど直截に、それでいて嫌みなくつたえられる同世代の人間を他に知らない。

タケシとは長い付き合いで、小中高と同じ学校だった。地元でも群を抜いて優秀だったタケシは、東京大学を卒業後、外国資本の消費財メーカーに就職し、赴任先のシンガポールで四年あまりを過ごした。昨年の冬に勤め先を辞めて地元に戻り、市議会議員に立候補すると、最年少最多得票で当選を果たし、現在は議員活動に専念している。

今日の帰郷をタケシに知らせると、迎えにいくから大人しく駅で待ってろと言って聞かなかった。

タケシが身をよじって右手をのばし、ダッシュボードのハザードランプを消した。

「代わろうか」

車がゆっくりと動きだす。

「大丈夫。俺の方が運転うまいから」

わざとらしい調子でタケシが答えた。

生まれつき左手を上腕から欠損しているタケシは、金属と樹脂とワイヤーからなる義手をはめている。先端には、ハーネスをわたした反対側の腕の動きで作動する、二股に分かれた鉤状(かぎじょう)のものを備えている。そのフックでは物をつかむといったいくつかの単純な動作は可能なものの、当然ながら右手と同等の機能は望めない。この車も片手で運転できるようハンドルにグリップが装着されていた。

「ユウキさ、昼まだだろ。牛タン食べない？　この前、美味しいところ教えてもらったんだよ、最近できたところ」

相変わらず食に対するこだわりは強いらしい。太ったなとつたえると、体を揺らして笑い、連日連夜、様々な会合に顔を出さなければならないのだとタケシはどこか言い訳がましく言った。

車が交差点を右折し、大通りにさしかかる。左右につらなるケヤキが頭上をアーチ状におおい、新緑の葉を透かして落ちる日差しが、まだらな影を路面のアスファルトに散らしていた。

「やっぱりこっちはいいよ、戻ってきて本当にそう思った。まずね、食べ物と水と酒が旨い。それに、空気も澄んでる。何よりね、人がいいんだよ。俺らみたいな若い奴らで、志もった奴が増えてきてるし、政財界のお偉いさんも本気で応援してくれる」

多少の贔屓目はあるにせよ、声に軽口めいた響きはない。

国道に面した店に到着すると、すぐに中に入ることができた。普段は長い行列になることも珍しくないという。

席につき、注文を伝え終えたところで、タケシが、立ち去ろうとした中年の女性店員を呼び止め、声をひそめた。

「牛タンは、あんまり焼きすぎないでくださいね。この前来たとき、ちょっとだけ固くなっちゃってたんで」

店員は一瞬驚いた表情を見せ、すぐに理解すると、はいはいと笑いながら去っていった。

「変わらないな」

茶化すように言った。

どうせなら美味しいものを食べたいだろ、とタケシが笑う。

「でもね、ユウキ。強い思いと信念があれば、必ずつたわる。シンガポールでも、今回の選挙でも本当にそう思った。相手が誰だろうと関係ない。最初は駄目でも、最後には絶対にわかってもらえる」

その話し振りには、経験したものにしか発せられないだろう深い実感がこもっていた。テーブルの上で、金属製のフックがスーツの袖からのぞいている。義手を作る際、今ある機能を諦めて、見た目には生身のそれとほとんど変わらない、精巧なものを作ることもできたらしい。が、日常動作の利便性というよりも、義手であることを隠していたくはないという思いが強く、タケシはそうはしなかった。俺は何も悪いことをしてないから、と。

食事を済ませ、店を出ると、次の会合まで時間があるというタケシに、実家まで送りとどけてもらうことにした。

ほとんど低層の民家で形作られる、見慣れた街並みが窓の外に次々と現れ、過ぎていく。

近況報告を交わしているうち、タケシがインターネット上に公開している日記が思い出され、話の接ぎ穂程度のつもりで声をかけた。

「でも、議員なんて大変だろ、民間と違って。理不尽な批判も多いみたいだし、やっかみもすごそうじゃん」

その日記には、タケシの日々の活動報告が記載されていて、閲覧者が匿名のまま自由にコメントを書き込むことができるが、建設的な意見だけでなく、中には眉をひそめてしまうような嫌がらせ同然の批判的なものも少なくない。

「いや、俺はそうは思わないよ」

意表をつかれ、横顔を見た。タケシは表情を変えず、ハンドルを握りしめたまま前方を見つめている。

「これが誰かから言われてやってたり、やらされてるんだとしたら、もしかしたらそう思うかもしれない。でもね、俺は自分で望んで、自分で決断して、こっちに戻ってきて政治の世界に入った」

真っ当すぎる主張と揺るぎない語調に、かすかに胸がさわいだ。何か言い返そうと口を開きかけたが、言葉がつまって出てこない。

「だから、ユウキね。俺はどんなに辛くても大変でもがんばれる。確かに、財政は厳しい状況だし、無駄や矛盾も多い。人口が少しずつ増えてきているとはいえ、復興の問題はもちろん、深刻な状況にある観光産業の梃入れをはじめ、解決しなきゃならない問題は山積してる。きつい意見ももらうし、批判もされる。議員の中にはろくに仕事しない人がいるのも知ってる。でも、この街を、そして東北全体を将来にわたって本気で良くしたいって思うから、俺にとってはそんなのは大した問題じゃない」

埋めがたい学力の差ゆえ、別々の大学に進学したが、上京してからも折を見てはタケシと顔を合わせていた。当時から政治に対する特別な思い入れがあったにせよ、周囲の輪にまじって下らない話もしたし、夜更けまで深酒して一緒に羽目を外したりもした。根拠を欠いた将来への期待や自信のみならず、それと同じくらいの量の茫洋(ぼうよう)とした不安を抱えていたのは、自分と何ら違(たが)わなかった。

「ユウキも、モリシタでがんばってるんだから、一緒だろ？」

車が交差点にさしかかって、タケシがハンドルグリップを右に回した。体が反対側に引っ張られる。

「……まあ……そうだね」

「先のことはわからない。考えたって何もわからない。でも今は、眼の前にあることにとにかく全力でぶつかってみる。本気でそれがやりきれるかどうか、多分、問われてるんだと思う」

タケシが独り言のようにつぶやく。

運転席に横眼をむけながら、黙って聞いていた。

「お互いもっと成長して、いつか二人で何か一緒にできたらいいよな」

気前のいい相手の言葉が、虚(むな)しく耳元をかすめ過ぎていった。

しばらくして五階建てのマンションの前で車が停まった。タケシに礼を言って見送ると、エレベーターで最上階まであがり、廊下の先にある空色のドアをチャイムも鳴らさず開けた。

「タケちゃんに駅まで迎えにきてもらったの？」

　母の声ははずんでいた。

　かつては自分の部屋で、今は母が寝起きしている和室へ行き、化粧台のかたわらに荷物を置いた。黒ずんだ傷の目立つ木製の化粧台には、最低限の化粧品が申し訳程度にならんでいる。いずれも見るからに安物で、そのこだわりのなさは昔から変わっていない。

　居間に戻り、所々布地のすり切れたベージュのソファに座った。

「せっかくだから上がってもらえばよかったのに。お茶ぐらい出したし、会いたかったんだから、私だって」

　母は不満そうにこぼしてから、お茶と苺を盛った器をテーブルに置いた。母も、タケシの帰郷と当選を最も喜んでいたひとりだった。

「沙代は？」

　爪楊枝に手をのばし、僕は真っ赤に熟した苺を口に入れた。みずみずしい食感とともに、酸味をふくんだ甘みがひろがる。

　友人と会っているが夜には帰ってくるだろうと答えながら、母が斜向いのソファに腰を下ろした。皺の寄った白い手で湯飲みをつかみ、そっと口をつけている。

「あの娘ね、今の会社辞めて東京で働きたいって言うの。やっぱり雑誌作ってみたいんだって」

三つ歳の離れた妹は、専門学校に進学したのち、かねてから志望していた編集者への就職を試みたものの叶わず、東京での化粧品販売員の仕事と、地元の旅行代理店しか内定を得ることができなかった。結局、母の勧めをうけて旅行代理店に勤めているが、いまだ儚い希望を捨てきれないでいるらしい。

「馬鹿だな、自分の思い通りの仕事なんかどうせできないんだから。夢なんて見てないで、身の丈にあった仕事してればいいんだよ」

平静に話したつもりが、一度言い出すと止まらなかった。

「あいつは何もわかってないんだよ。理想ばっかじゃやってけないんだから」

落ち着きを失い、湯飲みを持ったまま立ち上がったものの、すぐに居場所がないことに気づく。元のソファに戻ると、母が怪訝そうにこちらを見ていた。

何故ここまで腹を立てているのか、僕自身にも判然としなかった。

夕刻、ソファで寛ぎながら、台所で夕食の準備をする母と話をしていると、テーブルに置いていたスマートフォンが鳴った。

「電話よ」

気づいた母が振り向く。誰からだろう、発信元は非通知になっていた。

居間に隣接したベランダに出て、茶色いゴム製のサンダルに足を通した。

あまりいい予感はしないまま、電話に出ると、

「あ、ユウちゃん」

と、シュンの興奮した声が聞こえた。

「すごいんだよっ、すごいの。俺の話なんか聞かなくていいから、明日ちょっとだけ時間もらえない？　ネットワークビジネスの話とか一切なし。アメリカからすごい人が来てて、会えることになったんだよ。ね、すごいの本当に」

声の調子はまるで別人のそれだった。

「騙されたと思って、来て。ねっ、お願い。本当にすごいの。絶対、ユウちゃんのためになるから」

大学のキャンパスでおっとりと話していたシュンの声とも、数日前に電話越しに聞いた、遠慮がちで怯(おび)えをふくんだ声とも違う。

端末を耳に当てたまま、ベランダの柵に肘(ひじ)を置いて体をもたせた。

何かのネジが外れて制御不能に陥ったような、一方的な懇願がつづく。荒涼とした感情を意識しつつ、だからといってむげに電話を切ることもできないでいた。

眼前には、以前と変わらぬ住宅街が、見渡す限りの遠くの山裾(やますそ)にまでひろがり、衰えつつある夕照に赤く染まっている。

朝早く仙台の実家を後にし、東京駅から山手線に乗り換えて待ち合わせの駅に着くと、すでにシュンが待っていた。遠目にもわかるほど大きすぎるグレーのスーツに小柄な身をつつみ、黒いナイロン製の鞄を斜めがけにしている。

すぐに僕に気づいて大袈裟に手を振ってきた。

「ユウちゃん」

ためらいつつもシュンに歩み寄り、儀礼的に挨拶をしたが、それきり言葉がつづかない。相手の目元に、自然と視線が引き寄せられた。

長い睫毛に縁取られた目や、はにかんだ際にくっきりと頬にうがたれるえくぼは、記憶に焼きついたそれと変わらない。だが、どのような苦労があったのだろう、痣のごとく黒ずんだ隈が下瞼に沈み、目頭の辺りからは、年齢からくる皺とは明らかに違う深い筋が、頬にむかって鋭く刻まれている。面相からにじみ出る険しさが、かつての幼さを拭い去っていた。

会場はここから近いのだと言ってシュンが歩きだす。

「忙しいところ、ごめんね。でも、今日は本当に来て、大正解。普通だったら絶対に会えないすごい人だから」

興奮した様子でシュンがこちらの顔をのぞき込んでまくしたて、すれ違う人が次々と僕らを避けていく。

訊きたいことは、山ほどあった。

これから何があるのか、これまでどうしていたのか、今は何をしているのか、どうしてネットワークビジネスなどに手を出してしまったのか。声に出そうとするたび、勢いに呑まれ、湧きあがる疑問は力のない相づちに取って代わられてしまう……雑音と化しつつあるシュンの話を聞き流しながら、漫然と歩みを進めた。

間もなくたどり着いた会場は、区が貸し出している多目的ホールだった。

エレベーターで最上階にあがると、朱色の絨毯（じゅうたん）敷のロビーに多くの人があふれ、そこかしこでいくつもの人の輪ができ、声高に談笑していた。

自分と同じような若者はわずかで、大半が中年以上の女性だった。女性たちと同世代の男性が何人か隅の方でそれぞれ所在なさそうにしていて、女性たちとは対照的な、覇気のない仏頂面を下げている。

受付で参加料の五百円硬貨を渡し、シュンのあとについてホールの中に入った。階段状にならんだ座席は優に千を超え、二階にまでおよんでいる。すでに半分ほど埋まっていた。

シュンが座席を見渡し、誰かを探していると、どこかで彼を呼ぶ声がした。中段の通路付近で、二人の女が手を振っている。

安堵したようにえくぼを作って二人のもとにむかうシュンを眼で追いながら、その場に立ち尽くしていると、彼が振り返り、一緒に来いと手まねいた。

「さっきからずっと呼んでたのに、吉井さん全然気づかないんだから」

ひとりの女が嬉々として、シュンの肩に手をやった。

どう見ても四十は超えていそうだが、純白の陶器を思わせるほど化粧は厚い。黄土色に染め上げた髪を二本の三つ編みにしてピンクのリボンで留め、胸元に垂らしている。全体にレースとフリルがあしらわれ、ふんわりと裾のひろがった白いワンピースからは、同色の網タイツにつつまれた痩せぎすの脚がのびている。

「あら、吉井さんより大人びて見えるわね、大学のお友達って聞いてたからもっと若い感じの方かと思ってましたけど」

もう片方の女が、値踏みするような眼で僕にながめ入っていた。

五十代か、三つ編みよりも一回りは年長に映る。キャメルのスーツは上質そうなウール地で、耳や胸元を飾るダイヤモンドが豪奢な光を放っている。襟元に見えるバッジは、シュンと三つ編みの女がつけているものと同じデザインだったが、さらにそこに青い宝石があしらわれていた。

僕が曖昧に会釈すると、相手は深々と頭を下げながら、そつのない動作で名刺を差し出してきた。

反射的に名刺を出そうとして、会社に置きっぱなしにしてあることに気づく。持ち合わせがないことを詫び、受け取った。

「いいのよ、気になさらないで。竹田さんがモリシタのエリートってことは、吉井さんからよく聞いてますから」

見ると、かたわらに立つシュンが満面の笑みで頷いている。顔がかすかに引きつってくるのがわかった。

「ごめんなさい。ちょっと私たち回ってきますから」

女二人はそう言い置き、席を離れていった。

シュンにうながされて座席に腰を下ろし、受け取ったばかりの名刺に視線を落とした。薄水色のロゴの脇にアルファベットがならび、氏名の上には〝ブルークラウンアンバサダー〟と肩書きらしきものが冠されている。

「ブルークラウンアンバサダーってあるでしょ、それ本当にすごいの。すっごい上のタイトル。なりたくても、普通だったら絶対なれないやつ。たぶん、月に三百万は軽く稼いでる」

隣の席から身を乗り出してきたシュンが、誇らしげな口調でまくしたてた。

名刺のアルファベットは、〝ウルトリア〟と読ませるという。全世界数十ヶ国に展開する米国資本のネットワークビジネスの会社で、主に健康食品や美容品といった日用一般消費財を会員むけに生産・販売し、日本国内だけで一千億円に迫る売上高を誇っているらしい。また、肩書きに見えたタイトルは会員の序列を示し、ブルークラウンは三つ編みの親会員で、さらに三つ編みはシュンの直属の親会員にあたるようだった。

シュンは慌ただしく解説を終えると、知り合いに挨拶してくるからと、席を立った。

ひとりになり、会場のざわめきが耳を塞ぐ。

ぼんやりと周囲を見渡した。いつの間にか、客席のほとんどが埋まっていて、そこら中で人だかりができ、ひっきりなしに笑い声が飛び交っている。雑然とした様子は開演前のコンサート会場に似ていながら、肌をつたう空気はどこか異質に感じられる。

肘置きに手をついて、座り直した。

やはり断るべきだったのかもしれない。前日にシュンから誘いを受けた時点で、今日の内容がネットワークビジネスと無関係だと思うほど素直ではなかった。シュンの頼みに屈し、割り切った上でこの場にいることも自覚している。だというのに、どこに視線をむけても、どのような姿勢をとっても落ち着かなかった。

シュンたちが席に戻ってくると、間もなく照明が落ちた。舞台袖の司会者にスポットライトが投射され、闇に溶けた会場が静まる。

「本日、ゲストスピーカーとしてお迎えする水谷(みずたに)さまは、我らウルトリアの誇る世界的なディストリビューターで――」

女性の司会者が、講演者の経歴を読みあげていく。

やがて満座の拍手とともに、パンツスーツ姿の女が壇上に現れた。ビロード風の濃紺のジャケットは、スパンコールが大胆にほどこされてきらめき、谷間のできた豊満な胸元がのぞいている。遠目からは、三十代のようにも、五十代のようにも見えた。

「皆さん、ビジネスは順調ですか、素晴らしい仲間と楽しんでますか」

張りのある声が、インカムを通してひびきわたる。背筋はのび、ひとつひとつの所作はゆったりとして余裕が感じられた。

ひとしきり会場をあおると、講演者は語勢を落とし、いかにして今日(こんにち)の成功を手にしたか、自身の半生について静かに語りはじめた。

短大卒業後に事務員として働いていた折、週末に通っていた英会話スクールでアメリカ人講師と恋に落ち、やがて両親の反対を押し切って結婚した。それを機に会社を辞め、夫の故郷であるアメリカに移り住み二人の子供にも恵まれたが、ようやく異国の地にも順応した頃、夫の勤めていた地元の新聞社が倒産してしまった。

「彼は、なかなか次の仕事が見つからなかったんです。貧しい暮らしで、子供はまだ小さかったですし、家族四人でやっていくのが本当に大変でした」

薄暗い中、影と化した多くの聴衆がノートにメモをとっている。斜め前方の女性が手を止め、ハンカチを目頭に当てているのが見えた。

おそらくは幾度となく話してきたのだろう。語りはおそろしくなめらかだった。ほとんど情感をこめず、淡々と話していく。

話を聞いているうち、講演者の声の輪郭がぼやけてくる。意識は会場から離れて行き先を失い、いつか下降し、記憶の深層におよぶ……。他に女でもできたのか、どうか。ある日、幼少の僕ら子供には一切その理由が告げられぬまま、父は家を出ていった。その後の、家族三人の暮らしが、細切れの映像となって立ち現れ、無秩序に脳裏をかすめ過ぎてゆく。

「このままじゃ駄目だ、家族全員、路頭に迷ってしまう。お金は全然入ってこないし、子供もまだ小さいからフルタイムで働くこともできない。でも、神様は見捨てていませんでした。ウルトリアを人から勧められたんです、近所のスーパーで。レジを待っているときにたまたま前にならんでいた人から。それがウルトリアとの運命的な出会いでした。本当に、平凡な私の人生を一変させる出会いだったんです」

気がつくと、会場を流れる声に聞き入っていた。意識して大きく息をつき、講演者から視線を外した。

壇上のスクリーンに、ウルトリアのロゴと理念が映し出される。スクリーンを一瞥して、彼女はつづけた。

「最初は半信半疑だったんです。でも、ウルトリアの製品を使いはじめてすぐに、その素晴らしさに魅了されました。私たちの健康や美にとって本当にすぐれたものだけを提供し、私たちの人生や社会を豊かにする。そんなウルトリアの理念を、使うたびに実感していったからです。そして、もっと多くの人にこの素晴らしさを知ってもらいたいと思ったんです。ビジネスとして私のすることはシンプルでした。製品の魅力を人につたえることだけでしたから」

僕は脚を組みかえ、壇上からなるべく距離をとるように、座席に深く背をもたせた。隣に座るブルークラウンが視界に入った。膝に置いた手帳にメモをとりながら、しきりに頷いている。

講演者はおもむろに演台を離れ、うつむきながら壇上をゆっくりと歩きはじめた。ビジネスをはじめたもののなかなかうまくいかず、苦労の連続で何度投げ出してしまおうと思ったかわからない——と、抑えのきいた彼女の声が、静まり返った客席にひびく。

「でも、私は諦めませんでした、絶対に。ウルトリアを心から信じ、どんなことがあっても最後までやり抜くと決めたんです」

現在、ロサンゼルスに生活の拠点をおいているという講演者は、少しだけ紹介させていただきますと断って、再びスクリーンに眼をそそいだ。

水庭に囲まれたガラス張りの現代的な建物が映し出された。淡い照明にうかびあがる彼女の自邸は、いくつもの居住棟に分かれ、水面に張り出した回廊でつながっている。プールやバーの設(しつら)えられたテラスからは、ロサンゼルス市街の夜景と思しき黄色い光の海が、眼下にどこまでもひろがっていた。

会場にどよめきが湧き起こる。

次々とスクリーンが切り替わっていく。ガレージにならべられた欧米の高級車、延々つづく白いビーチを見下ろすイーストハンプトンの別荘、豪華クルーザーのデッキに備えられたジャグジーでシャンパングラスをかたむける講演者……。

「時間が惜しいので、出張のときはプライベートジェットで移動しています」

飛行場で小型ジェット機に乗り込む彼女がスクリーンに映し出された頃には、どよめきが嘆声に変わっていた。

奥歯に力が入っているのが自分でもわかる。あざとい「成功」像の提示と、聴衆の無批判な態度が苛立たしかった。

「何の取り柄もない主婦だった私が今日のようになれたのは、私が特別だからではないんです。ウルトリアを信じ、諦めずに地道につづけてきたからに他なりません。チャンスは、皆、平等です。行動するかどうかは、皆さん次第」

会場の空気を拒絶するべく、暗闇に際立つ、非常口の緑色の明かりを見つめた。次第に焦点が暈けて、耳にとどく声が雑音と化してくる。そのうちに内容の一切が頭に入らなくなった。

「ほらっ、竹田さん。ぼやぼやしてないで」

見ると、ブルークラウンがすぐ隣で自分を見下ろしている。

会場が明るさを取り戻し、聴衆が皆、立ち上がっていた。

ブルークラウンに急かされて、わけもわからず腰をあげた。

「ウィーアー、ミリオネアッ」

重なり合った声が充満し、ホールの空気をふるわせる。

「言葉にした瞬間から、億万長者に近づきます。夢は現実になるんです。いいですね、成功を引き寄せてください。もう一度いきましょう、隣の人と手を叩いて」

人さし指を高くかかげた講演者が大声であおり、大唱和が起きる。ブルークラウンが興奮した声をあげながら、僕にハイタッチを求めていた。

やがて会場を無数の拍手が占め、講演者が降壇すると、ようやく司会者によって会が閉じられた。

無意識に息をつめ、緊張していたらしい。体が熱を帯びて汗ばみ、疲労が感じられる。一刻も早くこの場を離れたかった。

かたわらに寄り集まったシュンたちが、上気した顔で感想を交わしている。僕は彼らに礼を述べ、帰宅する旨をつたえると、三人の表情がこわばった。

「そういうのは、ちょっと……」

三つ編みが不満そうな声をだした。

　シュンからは何も聞かされていなかったが、ブルークラウンはこちらのために貴重な時間を割いて、このあとの予定をわざわざ空けてくれているのだという。ブルークラウンが憤然(ふんぜん)とし、あさっての方向を見ていた。

「えっ、でもユウちゃんさ、昨日話したとき、今日は一日何にも用事ないって言ってたよね。そうでしょ」

　眉間に皺を寄せたシュンが、焦燥の色を目に浮かべて言った。

　何も言い返すことができず、不用意な発言を悔やみながら、赤い絨毯に眼をむけるよりほかなかった。


　助手席のシュンがしきりに後ろを振りむき、ほとんど内容をともなわない講演の感想を話している。三人の談笑が止む様子はない。

　西日がビルの外壁に反射し、車内に斜めに差し込んでくる。ブルークラウンが会場前に待機させていた運転手付きの大型ハイヤーは、交通量の増えはじめた夕暮れのオフィス街を進んでいく。口をつぐんだ僕は、生まれてはじめて乗る高級車になじめないまま車外の風景を見つめていた。

　広大な公園からはみだして迫る、鬱蒼(うっそう)とした樹木が通り沿いにつづき、しばらくすると低層のマンションの前でハイヤーが停まった。ブルークラウンの自宅だという。敷地内は静謐(せいひつ)な日本庭園のようで、ソファセットの配された重厚なエントランスホールからは、絵画のごとき内庭の景色をながめることができた。

　エレベーターで四階にあがり、三人につづいて室内に入った。

　大理石が敷かれた玄関を抜けると、クリーム色のやわらかな絨毯が廊下をおおい、各居室にのびている。通されたリビングは三十畳ほどの空間がひろがり、天井に達する壁一面の窓ガラスが公園の緑をあざやかに切り取っていた。

「さっ、竹田さん座って座って。そんなとこ立ってないで」

　勧められるまま、三人に囲まれる形で遠慮がちにソファに腰を下ろす。

　講演会の感想をあらためて求められたが、大変参考になったと言ったきり、その先がつづかなかった。それから普段の仕事について用意していたように口々に訊かれ、言葉少なに答えていると、

「ねえ、竹田さん」

　と、ブルークラウンが挑むような声で切り出した。

「将来、こんな風になりたいとか、こんなことしたいとか、そういう何か夢みたいなのっておありなのかしら」

「夢……ですか」

　ぼんやりとではあったがプロのサッカー選手を将来の選択肢のひとつとして意識して

いたのは、いつの頃までだったか。ささやかなその夢らしきものも、とうの昔に潰え、淡い記憶としてごく稀に想起されるに過ぎない。

否定しようと口を開きかけて、三人が不躾な視線をこちらに当てているのに気づいた。にわかに虚勢がふくれあがる。タケシの顔が脳裏に現れ、自信をはらんだ声の余韻を残してすぐに消えた。

「えっと……社会貢献っていうか、世の中を良くするっていうか……世の中に必要とされる人間になるって、感じですかね」

どこかで聞きかじった借りものの言葉がしらじらしくひびいた。

「あらっ、すごい」

ブルークラウンが高い声を出して、身を乗り出してくる。

「それじゃ、吉井さんと同じよ。やっぱり今の若い人って素晴らしいわ」

三つ編みがすかさず同調し、かたわらのシュンは、嫉妬をにじませたぎこちない笑顔で頷いていた。

「聞いてきいて。ウルトリアはね、すごいの。ビジネスだけじゃなくて、社会貢献もすごいのよ。毎年、アフリカやアジアの子供たちにものすごいお金を寄付してるの。ね、ちょっとアレ出してくれる」

ブルークラウンが言った。

うながされた三つ編みが、鞄からウルトリアのパンフレットを取り出し、慣れた手つきでガラスのローテーブルにひろげた。

上質な紙が使われたパンフレットには、福祉活動に尽力する理念とそれを裏付ける実績が記載され、その背景写真では、満面に笑みをうかべたアフリカの子供たちが裸足でじゃれあっている。次のページには、寄付によって建てられた学校や病院の写真とともに、それらの功績に対する国際的な慈善団体からの謝辞が添えられていた。

意外な気がした。ねずみ講まがいのネットワークビジネスを主宰する団体が、これほど大規模な社会活動に、それも長期にわたって取り組んでいるとは思いもしなかった。パンフレットによれば、巨額の経済的供与は毎年行われ、すでに十年以上におよんでいる。

こちらの表情に何かしらの変化を感じとったのかもしれない。パンフレットを指し示しながら、ブルークラウンが語気を強めて言った。

「そんなに立派な夢をお持ちなら、私たちと一緒にやってみない？　副業でもできるし。夢を夢のままにしておいたら駄目よ、絶対」

来たか、と思った。いずれ言われるだろうとは思っていた。それでも、いざその場に自分自身が置かれると平静でいられない。

「……そうですね」

苦し紛れに声を絞り出し、パンフレットに眼を落として口をつぐんだ。

「竹田さん、ちょっとこっちにいらして」

ブルークラウンが立ち上がった。洗面所に連れて行かれ、ウルトリアのロゴが刻印された石鹸で顔を洗うよう指示される。当惑しながら顔を洗い、リビングのリクライニングチェアに座らされると、ブルークラウンが何種類かの化粧品を順番に顔に塗りはじめた。

ひんやりした感触が額や頬をつたい、三つ編みとシュンがかたわらで満足そうに上からのぞき込んでいる。見世物になった気がし、顔の筋肉がこわばっていく。

ソファに戻ると、

「どう。使用感が全然違うでしょ。ウルトリアのものはどれも本当にすごいの」

と、ブルークラウンが顔を触ってくる。

「……違いますね」

欧米の一流研究機関で開発された最高品質のものだと言われても、化粧品などこれまで使ったことがなく、判断のしようがなかった。

「――エマニュエルアンドマックスって、ご存じかしら。アメリカの格付け会社なんですけど、すごいの。ここでトリプルAをとっている会社って世界で四つしかなくて、トリプルAとってると、地球がなくならない限り潰れないって言われるほどすごいんですけど、なんと、聞いて、ウルトリアはそれをとってるの。すごいでしょ、アメリカで上場してる企業って六千社もあるのに、たったの四社だけよ。日本の企業なんて、ただのひとつもこの格付けをもらってないの。あのトヨタですらよ」

ウルトリアの魅力が語られたあとで、こちらがネットワークビジネスにそもそも疎いことを認めると、その概要と利点の解説がつづいた。

ネットワークビジネスとは、宣伝広告に頼らず、販売員も雇わず、口コミによって商品を流通させる会員制のビジネスであること。参加するメリットは多岐にわたっていて、全てシステム化されているため商品を人に紹介するだけでよく、事務所も在庫も集金も不要だということ。勤務時間にしばられずいつでも好きなときにできること。気の合う仲間と一緒に楽しくできること。年齢に関係なく生涯にわたってつづけられること。努力に応じた収入が得られるため、流通量次第では莫大な利益を得られること。またそれは、労働収入とは区別される権利収入のため、経済的自由に加え時間的自由も得られること……。

テーブルのパンフレットには、報酬プランと題され、会員の親子関係を表したピラミッド状の組織図が還元率とともに描かれている。頭が熱を持ち、内容が素通りしていく。

呼びかけられているのに気づき、顔を上げた。

「一緒にがんばりましょうね」

三つ編みの口角が持ちあがり、ピンクに塗られた唇が光をうけて艶めいている。

「大丈夫だよ、ユウちゃん。俺でもできるんだから」

とってつけたようにシュンが明るい声を出す。頬にえくぼはできていたが、見開いたその目に先ほどまでの余裕はなかった。

「今日のところは、登録だけしておきなさいよ。やっぱり難しそうだったら、あとでやめちゃえばいいんだから」

ブルークラウンが譲歩した口調で言い、申し込み用紙をテーブルに置いた。横から三つ編みがボールペンをさし出してくる。

静かになった。三人が息を詰めて、こちらを見ていた。

適当な理由をつけて断ってしまえばいいと頭では理解しているのに、なかなか言いだせない。早くこの場を終わらせて、帰りたかった。

ペンを受け取って用紙にむかうと、三人は安堵した表情で再び談笑をはじめた。覚えずペンを握る手に力が入る。

意識的に鼻腔(びこう)から空気を吸い入れ、ゆっくり吐き出して窓に眼をむけた。樹木の影をかすかに残して、一面が闇に満たされている。室内の照明が反射し、感情の失(う)せた自分の顔がガラスに映りこんでいた。

ペンをテーブルに置いて立ちあがると、驚いた三人が話を中断した。

「すみません、やっぱり少し考えさせてください」

　動揺して制止しようとするシュンの手をのけて、足早に玄関にむかった。


　出社してすぐ、フロア全体にいつもとはどこか異なる空気が流れているのを感じた。話し声はまばらで、何となく互いに気を遣っている。注意をはらって周囲を見てみると、何人もの社員が険しい表情を浮かべていた。

　釈然としないまま昼休みをむかえ、昼食をとりに井野さんらと外に出た。

「食べないんですか、冷めちゃいますよ」

　脇谷さんが日替わりメニューのカレーを口に運びながら、隣の井野さんを一瞥する。満席の喫茶店は、普段と変わらず騒々しい。このテーブルだけ見えない仕切りで囲われているようだった。

　そっと正面の井野さんに眼をむけた。スプーンを握りしめて皿を睨んでいる。カレーライスは、手つかずのままだった。

　井野さんが大きく息をつく。

　会社を出てからここまで一度も言葉を発していない。肉のついた肩を落とし、憔悴しきっている。これほど気落ちした姿を見たことがなかった。

「何か、あったんですか」

食事を終えた脇谷さんがナプキンで口元を拭った。気遣うような声で切り出していたが、目には無遠慮な光がにじんでいる。

井野さんは大儀そうにカレーライスを口に入れると、ほとんど咀嚼せず、水で流し込んだ。

「あったよ……あった。やるんだって、リストラ」

低い声でつぶやいて、空になったコップを置いた。

僕は、食事の手を止めた。

会社の業績に翳りが表れたのは、最近のことではない。僕が入社したときにはすでに主力の電子部品が競争力を失っていた。それに代わるものが一向に台頭してこなかったために、国内外に点在する工場の半分以上が順次閉鎖され、ずるずると売り上げを落としていた。そうした状況を受け、人員整理の噂は以前から社内に流れ、いずれその日が来ると誰もが戯れ言のように口にしてもいたが、まさか現実になると考える社員は誰もいなかった。どうせ最後は親会社がどうにかしてくれるから、と。少なくとも僕はそう思っていた。

かける言葉が見つからないのか、脇谷さんは、手にしたライターのシールを忙しなく爪ではがしている。

「本体の意向らしい。もう、面倒見切れなくなったたって」

親会社の業績もこの数年、急速に悪化していて、前期は数千億円にのぼる最終赤字を計上し、国内外あわせて数千人規模の人員削減を実施している。

「でも、具体的にどうなるんですか、リストラって」

脇谷さんが煙草に火をつけようとするが、なかなか点火しない。何度も試みてようやく先端の葉が燃えた。

不意に、井野さんが顔を上げた。質問した脇谷さんではなく、何故か僕の方をむいている。互いの視線はぶつかっているのに、相手の黒い瞳は何も見ていなかった。

「俺は、もう駄目だっ」

取り乱した大声がひどく芝居がかって聞こえたが、井野さんにふざけた様子は見受けられない。両隣の客がこちらのテーブルを気にしていた。

「そんなことないですよ……大丈夫ですって」

動揺した脇谷さんが、吸い込んだばかりの煙を慌てて吐き出す。

「そうだよな、まだ何も決まったわけじゃねえもんな。そうだよ、うん。まだ何も決まってないんだ」

しきりに頷きながら、自身を落ち着かせるように井野さんはつぶやいているが、その目には乱れた光がうかんでいた。

「それって、いきなり言われたんですか」

我慢できず、僕は訊いた。

「そう、いきなりいきなり。うん、いきなり」

井野さんのどこか調子外れの話によれば、先週末に一部の社員が会議室に集められ、早期退職者の募集について人事部より説明があったという。募集という名目になっているものの、実質的には勧告に近いもので、早期退職に応じない場合は、九州にある工場への異動が避けられないらしい。

「九州……ですか」

脇谷さんが口に煙草を持っていこうとした手を止め、井野さんに視線をむけた。脇谷さんの驚きは僕にもよく理解できた。

九州の工場は、街の中心から遠く離れた場所に位置しており、車がなければ日々の生活にすら支障をきたすところだと、随分前に視察に出向いた井野さんが話していた。今回の異動については特別な手当はなく、給与体系も現場の水準に合わせるという。家族を持ち、住宅ローンを抱えている社員にとって、九州への異動はほとんど解雇宣告と同義と思われた。

「でも、大丈夫。まだ俺が九州行くって決まったわけじゃねえし。別にまだ何も決まってねえから。大丈夫だいじょうぶ、まだ何も決まってねえから」

井野さんが引きつった顔を無理矢理ゆがめて笑い、脇谷さんのコップをつかみとると、喉を鳴らしながら水を流し込んでいく。

脇谷さんが落ち着かない様子で煙草を吸い、すぐに吐き出した。霞状の煙がテーブルの上を這っている。

僕は言葉を失ったままどうすることもできず、煙の行方をぼんやりと眼で追っていた。

「すいませーん、水っ」

井野さんの場違いな大声に周囲の客が振り返る。硬質な音を立てて、空になったコップがテーブルに置かれた。

翌週、井野さんの異動が正式に決まり、その二週間後には、井野さんの席は空席となった。


正午をむかえて、オフィスの照明が一斉に落とされた。今月から、経費節減のために昼休みの間は消灯することが定められている。

席を立ち、窓辺に歩み寄ると、朝からの細雨で辺り一帯がけぶっている。黒や紺の傘の群れが行き交うタイル貼りの路面は濡れ、梅雨の空模様を映したように明度を失って沈んでいた。

薄暗いフロアから社員がドアを押して出ていく。控え目な話し声が物音にまじって聞こえていた。

「昼、行こうか」

脇谷さんが近寄ってきた。手には傘がさげられ、木製の柄に深紅の布地が品よく巻き付いている。

外に出ると、なまぬるい湿気が肌にまとわりついてきた。少し歩いただけでじっとりと汗ばんでくる。

前方の横断歩道で、近隣の勤め人がそれぞれ傘をさして信号待ちをしている。彼らにまじり、脇谷さんとならんで足を止めた。

以前は三人で繰り出していた昼食も、井野さんが九州に異動になってからは二人で出かけるようになった。よく喋る井野さんがいなくなり、話しているよりも互いに黙っている時間の方が、もしかしたら長いかもしれない。

「さっき、井野さんと電話で話したよ。引き継ぎの件で」

意外な名前に、傘の下から相手の顔をうかがった。

「何か、言ってました?」

異動して以来僕のところに音信はなく、様子をつたえる話も聞こえてこない。

信号が青に変わり、人垣が動きはじめる。

「大変らしいぜ」

雨音にかき消えそうなほどの小さな声で脇谷さんが言った。

いつもの喫茶店が通りの先に見え、スーツ姿の四人組が透明なビニール傘をたたみながら店の中に消えていく。

店に入り、店員に人数を告げると、入り口に近い二人席に通された。四人席に慣れているせいで、いまだに窮屈に感じられる。

日替わりの定食をそれぞれ注文し、脇谷さんが上着のポケットから煙草を取り出して、火をつけた。

「井野さん、あっちでも毎日面談なんだって」

面談の意味するところがわからない。

「決まってるだろそりゃ」

訊けば、九州に移ってからも退職をせまられているのだという。九州への異動は、人員整理の対象となったものの、それでもなお会社への残留を望む社員に対する、ある種の救済措置のはずだった。

異動前日に接した、井野さんの暗い眼差し（まなざ）が思い起こされる。

埼玉県の自宅に妻と二人の子供を残し、単身で九州に赴任することになったが、自宅のローンを返済するため、妻に働きに出てもらわなければならないと自嘲気味にこぼしていた。

食後、脇谷さんがおもむろに口を開いた。

「竹田は、転職とか考えてないのか」

　僕は、ブラウンシュガーの塊をガラス容器からつまみ取り、湯気の立ちのぼる珈琲に落とすと、時間をかけて小さじをまわした。

「多いですよね、最近」

　脇谷さんに眼をむけ、カップに手をのばす。

　人員整理が進められてから、社員の転職が増えている。先週も、お世話になりましたと型通りに退職を告げるメールが、前触れもなく二通ほどとどいた。

　社内では、早期退職者の募集と並行して、待遇の抜本的な見直しが行われていた。例年、基本給の五ヶ月分が支給されていた年二回の賞与は見合わせが決定し、来年以後の見通しは今のところ立っていない。これまで定時以降の残業手当はきっちり支払われ、給与のかなりの部分を占めていたが、今では部長級以上の承認なしには原則、時間外労働は認められなくなっている。

「いきなり消えたりしてな、お前も」

　脇谷さんが冗談めかして口の端を引き上げた。

「辞めませんよ。転職する気なんてないですから」

　笑い返したつもりが、ぎこちないものになる。

　暇を見つけては、インターネット上で求人情報を探しているが、食指が動くような仕事はほとんど見つからない。リストラがはじまる前の待遇を期待すると、いや、今と同等のそれですら、専門職での職務経験や、相応の専門技術や資格が必要だった。あるのは、未経験者歓迎という惹句の記された、いかにもノルマの厳しそうな営業職ばかりで、そこに掲げられた待遇もどこまで信用できるかわからない。

転職先を探しながら、思いがけず、世の中における自分の価値らしきものを知らされることとなった。社会に出て以来それなりに充足していたはずの歳月が、幾度となく無意味に感じられた。

「脇谷さんは、どうなんですか」

何も、と脇谷さんはカップに口をつけて首を横に振った。今更じたばたする気はないという。

独り身の脇谷さんは扶養する家族もいなければ、住宅ローンも抱えていない。その点では何ひとつ違いはないが、だからといって同じ状況だとは思いたくなかった。脇谷さんは、「持てる」人だった。地元では知られた家業をいつでも引き継げるという。それが、「持たざる」自分にはない余裕を脇谷さんにもたらしていると思えてならなかった。

「まさか、いきなりこんな風になるってのはなあ」

他人事じみた悠長な声がテーブルのむこうでひびく。

黙したまま、カップの底に残った珈琲を飲み干した。すでに冷めきって香りが失われ、苦みだけが舌にまとわりついて離れない。

「トイレ」

火をつけたばかりの煙草をもみ消して、脇谷さんが立ち上がった。

入り口のドアにぶら下がった鈴が間断なく鳴っている。客が次々と入り口のレジで会計を済ませ、外に消えていく。

テーブルに置いたスマートフォンが振動しているのに気づいた。

先日登録したばかりの転職斡旋会社からの連絡かもしれない。希望する条件の仕事があれば、すぐに連絡をよこすと担当者は言っていた。

画面を見ると、シュンの名前が表示されている。先々月の講演会以降もしつこく電話をかけてきたが、無視をつづけているうち、その連絡も途絶えた。

端末の画面は低い音を立てながら、責っつくようなアニメーションをひるがえしている。テーブルで明滅する発光体をぼんやり見つめていると、間もなく静まり、動かなくなった。

――私だって、最初はビジネスなんて何もわからないごくごく普通の主婦だったんだから。

ブルークラウンの豪壮なマンションの部屋と、それとは明らかに不釣り合いな、彼女の素人じみた話し振りがよみがえってくる。

「そろそろ戻ろうか」

脇谷さんが伝票を手にして立っていた。

外に出ると、先ほどまでの雨はすっかり上がっていた。高層ビルのむこうを塞ぐ雲の切れ間から、明るい陽光をはらんだ薄青の空がのぞいている。

先を歩く脇谷さんを呼び止めた。

「すみません、先に戻っていていただけますか。ちょっと、電話してから行きます」

二

「まだ記入が終わっていない方、いらっしゃいますか」

顔を上げると、マイクを手にしたブルークラウンが空いた手をあげて、前方の座席の間を歩いてまわっている。

空調のきいたウルトリア本社のセミナールームには、百席ほどの椅子がならび、週末だからか、七割方が埋まっていた。

「達成できそうとかできそうにないとか、そういうことはどうだっていいんです。考えては駄目です。どれだけの収入があれば欲しいものが買えるか、幸せになれるか、ご自身の夢が叶うか、直感を大事にしてください」

参加者の机を順番にのぞき見ながら、ブルークラウンがこちらに近づいてくる。

手元に転がしてあるペンをとり、再び視線を落とした。

机上には、事前に受付で購入したB5サイズの〝サクセスブック〟が開かれている。目標月収と記された箇所には、ためらってできたインクの汚れが点々とついているだけで、依然、空欄のままだった。

行き詰まり、隣に座るシュンの手元に眼をむける。

使い古されたサクセスブックには、筆圧の強い大きな字で三百万円と記されている。かろうじて視界に入る斜め前の中年の女は、繊細な字で五万円と書いていた。

「他人がどうかなんて関係ないですよ、ご自身にしかわからないはずです」

天井に埋め込まれたスピーカーからは、ブルークラウンの口にする注意が絶えず降りそそいできて、参加者の行動を一様にしている。

ペンを握ったまま、空欄に意識を集めた。どれくらいに設定すればいいだろう。

事実上打ち切りとなった残業代や賞与の補塡だけを考えると、二、三十万もあれば十分過ぎるように思える。果たしてそれで幸せと言えるのか、どうか。そもそも自分にとっての幸せとはどのような状態を指すのだろう。もし、この空欄に記載した通りの収入が得られるとしたら、一体、何を望むのだろう。仮に何の制約もなく、今一度、夢を思い描くとすれば……。

迷った挙げ句、百万円と記入した。単純に切りがいいというだけで、さしたる根拠はない。ペンを机に置き、そのどこか投げやりな形の数字をしばらく見つめた。

かたわらに人の気配を感じる。

通りがかったブルークラウンが立ち止まって、見下ろしていた。腰をかがめてサクセスブックをのぞき込み、ゼロの数を確認している。眼が合う。入念に化粧の施された顔に、満足げな微笑が表れた。そのまま何も言わず後方に歩き過ぎていく。

「自分の気持ちに素直になる、それが成功の秘訣です」

天井から降りてくるブルークラウンの断定的な声を耳にし、落ち着きのない視線を意味もなく会場に巡らした。

「ユウちゃん、次のページ」

横からシュンが手をのばしてきて、ぞんざいにサクセスブックをめくる。

シュンの子会員としてウルトリアに入会した途端、相手の態度は、それまでのおもねったものからどことなく高圧的なものに変わっていた。

「ああ……ごめん」

見込み会員リストと題されたページには、一行目に〝氏名〟〝連絡先〟と記載され、二行目以降が空欄となった二列の表がならんでいる。

「ご家族、ご友人、職場の人、近所の人、よく行くお店の人、昔の同級生、誰でもいいんです。とにかく思いついたら書く。手を動かす。もちろん、手帳やスマホの電話帳でも何でも使ってください。自分さえわかればフルネームである必要もないですし、連絡先もひとまず空欄で構いません」

マイクを握りしめたブルークラウンが前方に立って参加者を一望し、サクセスブックを頭上に掲げている。

自分と同じように、この日はじめてセミナーに参加している人が少なくないらしく、いざ、勧誘するにあたっての具体的現実を前にし、ペンを動かしている人はわずかだった。それぞれの横についた、同伴者のうながす小声がそこかしこに湧いていた。

それを見たブルークラウンが、一旦、手を休めてくださいと呼びかけ、参加者の視線を一ヶ所に集めた。

「皆さん、ここでちょっとしたクイズです。千人の人にウルトリアの商品を紹介すると考えてみてください、どれくらいの時間が必要になるでしょう」

千人といえば、自分の勤める会社に照らすと東京本社に在籍する社員数の三倍以上になる。大半の社員とはまともに話したこともないぐらいだから、かなりの人数だと思えた。

「ひとりに一時間、商品の紹介に費やしたとして、千人だと千時間。仮にひとりでこれを全部やろうとすると、本当に大変です。毎日ひとりに紹介したとしても三年近くもかかってしまいます。そもそも普通、千人もお友達なんて、なかなかいらっしゃいませんよね。ところが。いいですか」

　そこで声の調子をもったいぶるように落とし、ブルークラウンはつづけた。

「最初に、二人に紹介します。その二人が、翌日さらに他の二人にそれぞれ紹介します。その四人が翌日さらにまた二人ずつ紹介していく。そういう風にして、どんどん下に連鎖させていくと、なんと、わずか十日で千人全ての人に紹介できてしまうんです。三年かかるのが、たったの十日。これが、ネットワークビジネスのもつ最大の力なんです。個では決して実現できない集団の力」

　だからこそ、ネットワークビジネスでは人脈が重要とされ、リストなしには何もはじまらないのだという。

「まずは、百人のリストを作ってみましょう」

　彼女の呼びかけで、参加者が一斉に記入をはじめた。

　ペンを持ち、サクセスブックに顔を寄せると、言われた通り最初に家族の名前を書こうとして、手が止まった。

　ネットワークビジネスをはじめたことを、母や妹が知ったらどのような反応を示すだろう。洗顔といえば水道水を顔に浴びせて済ませ、取り立てて健康にも気を遣ってこなかったというのに、副業とはいえ、突如、化粧品や健康食品の販売員となり、会員になってくれと勧誘する。どう割り引いて考えてみても、訝しむにちがいない。無用な詮索を避けるためにも、母と妹はリストから外す方が無難と思えた。

家族以外にすぐに浮かんだのは、タケシだった。

その名を書こうとしてためらわれ、手が止まる。

世界でも有数のグローバル企業でビジネスの最先端を走ってきたタケシであれば、ネットワークビジネスを、数あるマーケティング手法の中のひとつとして肯定的に受け止めてくれそうな気がしないでもない。が、たとえ協力してくれたとしても、力を借りる気にはなれなかった。ネットワークビジネスをやっていることすら、タケシには知られたくなかった。

「この人には断られそうとか、あの人だったらビジネスに興味がありそうだとか、そういう、相手のことは一切考えないでください。成功から遠ざかるだけです」

書きあぐねている参加者を見て、ブルークラウンが声をかけている。腕を組んだシュンは虚空を睨み、時折、リストに誰かの名前を追記していた。

鞄からスマートフォンを取り出し、電話帳を開いた。それを参考にし、記憶を呼び起こしながら順にリストに記入していく。

単に学校が同じだっただけの地元の同級生、わずかばかりの大学の友人、学生時代に世話になったアルバイト先の仲間、小中学校時代にともに汗を流したサッカーのチームメイトやコーチ、母が仕事で不在のときしばしば夕食をこしらえてくれた叔母、脇谷さんをはじめとする会社の同僚や後輩、毎週のように通い詰めている飲食店のスタッフ、ワンルームマンションを買えと迫る不動産投資会社の営業マン、転職斡旋会社の担当者……。

可能な限り書き出し、ペンを置いてリストをながめた。

電話帳に登録されているだけの、名前を見ても誰だか思い出せない数名を加えても、百人には遠くおよばない。半ば強引に引き延ばした交友関係の狭さと希薄さに、自分という人間の実体を突きつけられた気がした。

「ちゃんと書けた？」

期待をにじませたシュンがのぞき込んでくる。

一時間半のセミナーが終わると、階下のラウンジでブルークラウンから個別に補講を受けた。

隣でシュンが見守る中、具体的なビジネスの作法について話が進められていく。

「基本はＡＢＣ。とにかくスピーカーのスケジュールを押さえて、どんどんセッティングして。すぐ埋まっちゃうけど、私のも公開してあるから」

強い調子で繰り返すブルークラウンの声に、セミナーのときのやわらかさはない。

珈琲テーブルに開かれたＡ４サイズのスケッチブックには、Ａを頂点に、ＢＣで底辺をなす三角形が描かれている。

スピーカーとなる親会員のＡ（アドバイザー）に、橋渡し役のＢ（ブリッジ）である自分が、見込み顧客のＣ（カスタマー）を引き合わす。勧誘の基本形らしかった。

「電話でも何でも、あまり内容は話さない。自分で説明しないで、とにかく〝アップ〟につなぐ」

春先のシュンの執拗な電話が頭をよぎる。

「いい、コピービジネスなの、ネットワークビジネスって。アップを真似て、自分の分身をどんどんつくる。難しいことしようとしちゃ駄目、下の人が真似できないから」

ペンでスケッチブックの三角形を叩き、ブルークラウンが念を押す。

僕のアップたるシュンが、わざとらしく横で頷いている。ひたすら「すごい」を連呼していたシュンを模倣するのかと思うと、すんなりとは返事がでてこなかった。

三十分ほどで補講が終わると、ブルークラウンが時計を確認しながら、

「二人とも、このあとのパーティーには行かれるわよね」

と、押しつけがましい笑顔をこちらにむけて言った。

会場のダイニングカフェは、セミナールームよりもずっと広かった。宴会形式に配置されたテーブルに二百席以上の椅子がならび、奥にはちょっとしたステージが設えられ

ていた。もともと催事むけに設計されているのかもしれない。

隅の方の席につくと、一緒にいたシュンはすぐに他のテーブルに行ってしまった。

続々とメンバーが会場入りし、皆、思い思いに輪をつくって話に夢中になっている。場の空気からひとりはじき出されているという自覚はあったが、シュンやブルークラウン以外は誰も知らず、自分からどこかの輪に入っていくほどの勇気はなかった。

テーブルの端で何人かが、ピッチャーに満たされたビールやサングリアを皆のグラスにそそいでいる。さりげなく近寄り、形だけ手伝った。

中年の女性メンバーに酒を渡すと、

「あなたもどうぞ、よろしければ」

と、逆に何かを差し出してきた。

緑がかった錠剤だった。ウルトリアの代表的なサプリメントのひとつで、アルコールの分解をうながし、二日酔いにも効くという。

女性メンバーはサプリメントのボトルを手に持ったまま、僕が飲むのを待っている。有害だとはもちろん思わなかったが、何となく、相手の善意を素直に受け止める気になれない。

少しの間、掌(てのひら)のサプリメントを見つめてから、平静を装って飲み下すと、女性メンバーは満足そうな眼で笑みを送ってきていた。

各自に酒が行き渡ったところで、ステージにのぼったブルークラウンが、スタンドからマイクを外した。

「皆さん、夢を叶えますよ。ウィー、アー、ミリオネアっ」

乾杯と同時に、グラスを手にしたメンバーがテーブル間を忙しく歩きまわり、グラスのぶつかる音と甲高い笑い声が方々からあがる。

会場の熱気に気圧（けお）され、その場にひとり立ち尽くしていると、時折、見知らぬメンバーが通りすがりに歩み寄ってきて、儀礼的にグラスを合わせてくる。周囲の絶えざる話し声が、少しずつ遠ざかっていくようだった。

誰の意志でもない。自らの意志でウルトリアの会員となり、この会合にも参加していることを考えれば、進んで挨拶を交わし、周囲と打ち解けていくべきだった。が、そうしなければと思えば思うほど、体は硬直したまま動かず、すぐにでも後悔に染まりそうな焦りだけが、いたずらに募ってゆく。

「竹田さんですよね」

振り向くと、長身でがっちりした体軀（たいく）の男が立っていた。

よく見れば四十半ばは超えている風だったが、肌は黒く日に焼け、印象としては年齢よりずっと若々しい。黒々とした豊かな髪と、色落ちしたジーンズに品のいい桃色のジャケットを合わせており、襟元には、赤いルビーの埋め込まれたウルトリアのピンバッジが光をはじいていた。

「石黒(いしぐろ)と申します」

リーダーをしているという男は、仲間が増えて嬉しいと丁寧な口調で言い、綺麗にそろった白い歯列を見せて笑った。

作為的とは思わなかったが、たまたま話しかけてきた感じもしなかった。パンフレットの記載に基づけば、石黒リーダーのピンバッジは、ブルークラウンにはおよばなくとも、かなり上位のタイトルになる。あるいはそのクラスのタイトルになると、新参者に眼を配るのも役割のひとつなのかもしれない。

「黒いですよね」

石黒リーダーが自身の顔を指して言った。

「あ、いえ」

「ウインドサーフィンやってるんですよ、趣味で」

趣味といい、出で立(いでた)ちといい、落ち着いた話し方や振る舞いといい、いたるところに余裕が感じられる。会社にいる同じ年代の上司とは、全く別の人種に思えた。

「石黒さん」

顔を赤らめたシュンが割り込んできて、熱心に意気込みを語りはじめた。

石黒リーダーは穏やかな微笑を口元に浮かべて相づちを打ち、シュンの話を聞き終えると、声をひそめて言った。

「お二人のように、若い男性のスターが我々のグループには必要なんです。ご覧の通り、男性もそうですが、これだけメンバーがいても若い方はほとんどいません。本当に期待してますから」

石黒リーダーの顔からそれまでの笑みが消え、真剣な顔つきで、シュンではなく僕を見ている。世辞だとわかっていても、悪い気はしない。

再び褐色の顔をにこやかにゆるめると、石黒リーダーはひとりの肥えた女性メンバーの方をむいて、

「藤田さんもいきなりでしたよね。〝ダウン〟にすごい人が何人もついて、去年のカリブ海クルーズもそれで一緒に行きましたもんね」

と、皆に聞こえる声で言った。

不意に投げられた賛辞に、女性メンバーは思わず破顔すると、口元を手で隠しながら、もう片方の手で皆の視線を照れくさそうに振り払っている。

石黒リーダーが礼を言って女性メンバーに手を振り、顔をこちらに戻した。

「去年はカリブ海だったんですけど、今年はラスベガスなんですよ」

ウルトリアでは、年に数回、会員むけに特別企画が打たれ、成績優秀者は海外セミナーという名目の慰安旅行に招待されるのだという。

「……海外はすごいですね」

僕は小さく答え、グラスに眼を落とした。

年功序列をつらぬく今の会社では、一応の評価制度はあるものの、半ば形骸化していて、成果を出そうと出すまいと待遇にすぐに跳ね返ってくることはない。それを思えば、ウルトリアの海外セミナーは、比較にならないほど過分な報奨ではあるが、だからこそなのか、露骨な動機付けに反発したくなってしまう。

石黒リーダーは少しこちらをうかがう素振りを見せ、

「彼女で大体月に七十万ぐらいです」

と、さも当然のように付け加えた。

驚いて、もう一度女性メンバーを盗み見た。額面だけで言えば、勤続三十年を超える本部長クラスと同じだった。

化粧気は全くなく、どこか時代遅れの髪形や服装にしても、ブルークラウンと比べてしまうと、洗練とはほど遠かった。どう見てもそれほど稼いでいるようには映らない。

胸が騒いだ。

不意に、肩に手を置かれた。

「もっといけますよ、竹田さんなら」

石黒リーダーが温厚な眼で、戸惑いを隠しきれない僕を見ている。また話しましょうと言って、他のメンバーのもとに歩いていった。

会が半ばを過ぎた頃、上位のタイトルに昇格したメンバーの表彰が行われた。ブルークラウンと石黒リーダーが対象のメンバー数人を壇上に呼ぶと、会場中から拍手が起きた。皆に倣って手を叩き、席からその様子をながめる。

「おめでとうございます」

ひとりずつ花束が渡され、所感を述べていく。

マイクを渡された年配の男性メンバーが一歩前に出た。

男性は、ウルトリアと出会って新たな人生を踏み出すことができたと嬉しそうに語ったあとで、製品を使いはじめたらにわかに頭髪も生えてきたのだと、頭頂部まで綺麗に禿げあがった頭を何度も叩いて笑いを誘っていた。

表彰が終わると、不意にブルークラウンが、新しく仲間に加わったメンバーを紹介したいと言って僕の方に視線をのばした。

「竹田さん、ちょっとこちらまでよろしいですか」

動悸がした。何も聞かされていなかった。

会場は僕の登壇を待ちわび、静まり返っている。席に腰を下ろしたまま、左右を見回してまごついていると、シュンが早く早くと乱暴に背中を小突いてきた。

行くよりほかなかった。

意を決して席を立つと、一斉に拍手が湧き、他のテーブルのメンバーの顔が視界に入った。多くの視線が自分にそそがれているのをひしひしと感じながら、ステージの階段をのぼる。足が借り物のようだった。

ブルークラウンのもとに歩みよると、

「ごめんなさい、無理矢理呼んじゃって。何かひと言いただいてもよろしいかしら」

と、彼女がマイクを口から外してささやいた。

かたわらに立つ石黒リーダーが満面に喜色を浮かべ、頷いている。

手渡されたマイクを持ち、フロアに体をむけた。再び大きな拍手が押し寄せてきて、間もなく沈黙に塗り替えられた。

足がすくんでいた。これほど大勢の前に立つのは高校の卒業式以来かもしれない。沈黙に耐えきれず、こわばった唇を動かした。

「……ええっと」

頼りない声音が余韻を残してひびきわたる。

「あの……」

まるで他人の声だった。

視線が会場をさまよい、先ほどまで座っていたテーブルで止まる。少し前まで陽気に騒いでいたはずなのに、すっかり酔いの回ったシュンが子供のように口をあけて眠りこけている。その様子を見つめているうち、少しずつ肩の力が抜けていくのが自分でもわかった。

マイクを握り直し、心持ち顎を引く。

「竹田、優希(ユウキ)です。ええと、大学時代の友人の吉井君に誘われて、それでウルトリアを知って、入会しました――」

声を出すと、意外ななめらかさで言葉が流れた。

会場を埋め尽くす全員が自分の話に聞き入っている。時が止まって錯覚され、心地よい何かが幾度も胸に突き上がるのを感じた。

「――これまで大学も、会社も、特に目的があるわけでもなく何となく入って、会社でも上から言われたことだけ適当にやって……それが失敗だとは思わないですけど、でも、成功じゃないってことだけはどこかで気づいてて、やっぱり、これじゃないよなって。だから……だからウルトリアでは絶対に成功して、それで、皆さんと一緒に夢を叶えたいと思います」

挨拶を終えてブルークラウンにマイクを返したときには、わだかまっていた不安は消失し、おびただしい拍手につつまれていた。

落ち着きを取り戻した足取りでステージから降り、自席にむかった。

「すごい堂々としてて、恰好よかったわよ」

見知らぬメンバーから次々と言葉をかけられる。

テーブルに戻ると、周囲のメンバーが笑顔で、一緒にがんばりましょうねとグラスを差し出してきた。

「よろしくお願いします」

呑みかけのグラスを手にし、メンバーたちのそれに次々と合わせた。グラスのぶつかる繊細な音が喧噪の渦に溶け、気の抜けたビールがグラスの底で静かに揺れていた。


曇天ばかりの梅雨が明け、例年より遅い夏が訪れた。遅れを取り戻そうとしているのか、連日、最高気温を更新するほどの記録的な炎暑がつづき、街は異常な熱気にさらされている。

昼休み、いつもの通り食事をしに脇谷さんと喫茶店に行った。

「どうしたんだよ、急にあらたまった感じで」

脇谷さんが暑苦しそうに、片手で長い前髪をかきあげた。透かしの入った濃紺の扇子で顔に風を送り、ストローをつまんで、食後のアイス珈琲を口にふくんでいる。

「大した話じゃないんですけど」

名刺入れを取り出し、ウルトリアの名刺をテーブルの上に置いた。

「何これ」

先月から使いはじめたもので、氏名の上に、〝ディストリビューター〟と最も下位のタイトルが印字されている。

ウルトリアに入会したことは、同僚にはまだ誰にも打ち明けておらず、まずは社内で親しい人間に話しておきたかった。

取り上げた名刺を興味深そうにながめている脇谷さんに、いささか急いた調子で、ウルトリアに入会した経緯を説明した。

「いや、それにしても、お前がやるとは思わなかったよ。あんなに友達の電話、断ってたのにな」

脇谷さんは少なからず驚いていたものの、それで態度を変えることはなかった。

「で、急に髪形変えたりしたんだ」

僕の頭部に眼をやっている。

石黒リーダーの影響から、眉毛を整え、短めに切った髪の毛を整髪剤で固めて額を見せるようにした。ネクタイは、これまで適当に選んでいた寒色系から、赤や黄などの暖色系に変え、革靴も二足買い足して毎晩磨いている。

脇谷さんが煙草を抜き出し、目を細めて火をつけた。深く吸い込み、やや間があって、旨そうに頭上に吐き出す。わずかに開いた唇から、血行の悪そうな赤黒い歯茎と脂に汚れた黄褐色の歯がのぞいていた。

「脇谷さんって、一日どのくらい煙草吸われるんですか」

　相手の眉が上がる。

「まあ二日で、一箱いくかいかないか、ぐらいかな。どうして」

　一年で二百箱近い。毎年積み重なれば、かなりの量になるはずで、潜在的に健康の不安を抱えていることは明白だった。

　少し身を乗り出して、覚えたばかりのサプリメントの効能にそれとなく触れながら、煙草が与える人体への悪影響について指摘した。これまで脇谷さんをいさめたことなど一度もない。自然にふるまおうと意識するほどに、声がうわずる。

　なおも言い募ろうとすると、

「わかったよもう、煙草の話は」

と、笑いながらさえぎられた。

「要するに、そのサプリを買えってことだろ」

　すぐには言葉が出なかった。脇の下がじっとりと汗ばんでいる。

「いや……まあ、そうなんですけど」

　脇谷さんはいたずらっぽい眼を僕にむけると、自分には不要だと短く断って、いくらか投げやりな口調でつづけた。

「体のこと気にするぐらいなら、最初から煙草なんてやってないから。いいんだよ、これでも楽しみのひとつなんだ」

あっさり否定されると、覚えず食い下がりたくなる。

「ビジネスとして割り切って、ってのはどうですか。副業としても悪くないですし、うまくいけば勝手にお金が入ってくるようになりますし」

「実際、やってみてどうなの。言うほど儲かってんのか」

脇谷さんが、疑心よりも好奇心を強くにじませて訊いてきた。

「まあ……今のところは順調ですけど」

懇親会を機にウルトリアの活動に傾倒していたが、順調からはほど遠かった。

週末のセミナーには必ず出席し、平日も休日も関係なく、会社で仕事をしているときも、合間を見つけてはリストに載せた人へ電話をかけている。にもかかわらず、いまだひとりとして勧誘に成功していない。会員資格の維持に必要な商品の定期購入代、十数点にのぼる試供品の購入代、交通費などの経費で、支出ばかりがかさんでいた。

「本当に？」

脇谷さんが煙草の灰を落としながら、からかうように微笑して顔をのぞき込んでくる。

「……ええ」

視線に耐えきれず、氷の溶けたコップに手をのばした。長い沈黙が流れる。落ち着きなく眼を左右に走らせるだけで、脇谷さんの顔を直視できなかった。

「そろそろ時間だ」

伝票をつかんだ脇谷さんが腰をうかした。

その後も、なかなか思う通りには進まなかった。成功者の余裕にまどわされ、甘く見過ぎたのかもしれない。もう少しすんなりいくものだと思っていた。

リストの連絡先に電話をかけるものの、なかなかつながらず、たとえつながったとしても当惑した声を返してくるのがほとんどで、話すらまともに聞いてもらえない。それだけに、約束をとりつけることができたときは、どうしても力が入った。

週末の昼下がり、ようやく大学時代の友人のひとりが時間を作ってくれ、都内の喫茶店で落ち合うことになった。

「それで、用件って？」

席についた相手は、こちらの世間話には付き合わず、本題を知りたがった。

「いや、ちょっと面白い話があってさ」

いくらかもったいぶるように、努めてゆっくり話す。はやる気持ちを抑え、ウルトリアの魅力やビジネスの利点について熱をこめてつたえた。

友人は途中まで聞いて、

「ああ、それね」

と、気のない声を洩らした。

ウルトリアのことは知らないようだったが、ネットワークビジネスについては多少の知識があるらしく、いくつかの問題点を挙げると、非難がましい眼で僕を見た。

「要するに、ねずみ講でしょ。それって」

どうにか口では否定してみたものの、僕は苦笑を抑えることはできなかった。

よくある誤解のひとつだった。セミナーでも何回かその対策について触れられている。ホワイトボード代わりのスケッチブックと青いフェルトペンを鞄から取り出し、図解しながら、やんわりと反論を加えていった。

しばしば同一視されるねずみ講は、まっとうな商品を介在させず、子会員から徴収した金を一部の親会員に分配することで成立するが、それは無限に子会員が加入しつづけるという破綻を前提としているため法律で禁じられている。他方、ウルトリアでは、法令にもとづいた公正なルールによって運営され、会員は価値ある商品を販売・流通させたその実績に応じて報酬が与えられるため、ねずみ講のように先行者のみが独占的に利益を得るということはない――。

そこまで話すと、黙って聞いていた友人が腕を組んだまま言った。

「いや、確かに違法性はないのかもしれないけど、何かそういうことじゃないんだよな。さっきから俺が言ってんのは」

腑に落ちない表情で、彼はスケッチブックに視線を落とした。報酬システムを図解したピラミッド状の会員網が乱雑に走り書きされている。

「ねずみ講みたいに組織の上の奴だけが儲かるんじゃなくて、ネットワークビジネスはあとから入っても努力次第で儲かるって言うけどさ、もし俺がお前に誘われて売り上げ作るとするじゃん。それって、俺の儲けだけじゃなくて、何にもしてないお前の儲けにもなるってことだろ」

スケッチブックの図を指し示しながら僕を見ている。

「まあ、そういう見方もできる……かな。そうならない場合も、もちろんあるんだけど。収入の逆転もあるし。でも、こっちはその分だけ、今日みたいにこうやって努力したってことだし」

平静に答えたつもりが、言い訳がましい口調になっていた。

「それだよ、それ。一番引っかかんのは。俺がお前の下につくってこと。俺はお前と対等に何かすることはあっても、お前の下で動くってことはありえない。俺はお前のために、というか、お前の儲けのためになんか時間を使いたくないから」

僕が何も言い返せないのを見ると、彼はうんざりした様子で椅子に背をもたせた。

この友人のように、ビジネスの仕組みについて疑問を呈してくるものだけではなかった。女性からは、商品とそれを支持するこちらの論拠に対して、容易に聞き流せない意見が出された。

「この美容液、ハリウッド女優も使ってるって言うけどさ、そんなのわかんなくない？　使ってるところなんて見たことないでしょ」

相手は、試供用の美容液を手に取りながら、遠慮のない口ぶりで言った。細密な幾何学模様が入った、薄紫のワンピース姿で現れた彼女は、地元からの上京組のひとりで、この日、ホテルのランチと引き換えに時間を割いてくれていた。

「お金もらって宣伝することなんてザラだし、それに、こういうのって合う合わないあるから、一概にいいかどうかなんて言えないと思うよ。そもそも竹田はさ、化粧品の良し悪しなんてわかるの？」

今にも笑いだしそうな様子で、彼女はテーブルにひろげられた美容品をながめ、シャンパングラスをかたむけた。

「わからない……ね」

正直に答えるよりほかなかった。

セミナーでは、ブルークラウンをはじめ女性メンバーが、ウルトリアの美容品がいかに他のものより優れているかを声高に語っていたものの、自分自身は、他人にその魅力をつたえられる言葉を持っているわけではない。

次の予定が控えているという彼女はシャンパンを呑み干すと、ごちそうさまと満足そうに言い、鞄を手に腰をうかした。

偏見や単なる憶測で判断してくるのであれば、それを覆すだけの材料を用意すればいいのかもしれないが、前に同じ部署で親しくしてもらっていた先輩社員からは、別の観点から否定的な意見がもたらされた。

「俺も昔ディストリビューターやってたけど、ちょっと難しいと思うよ」

電話を受けたときから薄々感づいていたと洩らす先輩の口調は、どこか諭すようだった。

ウルトリアとは別の会社だったが、かつて友人に誘われて入会し、一年ほど会員として活動していたのだという。

「まあ、昔よりは商品もまともになってきてるのかもしれないし、ネットワークビジネスなんて知らない世代も出てきてるから、大きなグループ作れるのかもしれないけど。でも、俺はもういいな。あれやって……かなり人間関係ぎくしゃくしたし、実際、何人か友達もなくしたしな」

リストラで様変わりした会社の状況がわかっているだけに、一定の同情を寄せてくれる。それでも去り際に、

「悪いこと言わないから、考え直した方がいいよ」

と、言い置くことは忘れなかった。

そうして結果らしい結果が出ないまま、盆が過ぎていった。

会社の総務部長に突然呼び出されたのは、ちょうどその頃だった。

指定された会議室に入ると、総務部長だけでなく、所属する部の上長も同席していた。目礼をし、二人にむかいあう形で席につく。

「マルチの勧誘やってるみたいですね」

無表情の総務部長が険のある声で切り出した。普段はフロアで冗談を飛ばしている上長が、その横でよそよそしい眼をこちらにむけている。

「社内から苦情がでています」

一瞬、誰からだろうと思ったが、誰であれ同じことだった。小さく頷き返しただけで、あとは黙っていた。

会社では、面識のある同僚を呼び出し、勧誘を繰り返してきた。一度や二度断られても、しつこく声をかけて回った。そのうち同僚に避けられるようになると、挨拶を交わしたこともない社員にすら、見境なく話を持ちかけていた。

「内規違反です。今後は一切やめてください。これは警告です。もし再び行った場合は、会社として然(しか)るべき処分を下します」

総務部長が強い調子で言い切った。すでに詳細は把握しているらしく、質疑もない。誓約書に署名を求められ、大人しく応じると、退室をうながされた。

会議室を出て、フロアの自席に戻ったときには、昼休みの時間になっていた。照明は落とされ、ブラインドの下りた窓の端からまばゆい夏の陽光がにじんでいる。

　昼食を求めてフロアを出ていく社員の中に、涼しげな麻のジャケットを羽織った脇谷さんの姿があった。

　知り合いだけでも紹介してほしいと事あるごとに頼んでいたが、いまだひとりも聞き出せておらず、他の同僚への勧誘に時間をとられていたこともあり、ここしばらくは昼食をともにしていない。

　あとを追い、ビルの外に出たところで呼び止めると、振り返った相手の顔に当惑の色がさしているように見えた。

　構わず話しかけようとしたが、先に脇谷さんが口を開いた。

「例のビジネスだけど、あれ、俺は協力できないから」

　誰も紹介できないし、する気もないという。その声には、これまで絶えず自分にむけてくれていた穏やかさは微塵(みじん)も感じられず、冷たい響きだけがこもっていた。

「……ええ、わかってます」

　足が止まり、前に進めなくなった。

　脇谷さんの後ろ姿が、歩行者にさえぎられながら遠ざかっていく。

　ふと見上げると、樹葉をすかしたビルの隙間に蒼(あお)い空が澄みわたり、量感をみなぎらせた真っ白な入道雲が高々と隆起していた。

この日も、僕は午後一時からのセミナーに出席し、すっかり新鮮味のなくなった上位資格者たちの講義や談話を、ひとり端の方の席で聞くともなしに聞いていた。

「どうしました」

終わったあとも座ったままぼんやりしていると不意に声がかかった。眼をむけると、かたわらに立った石黒リーダーが見下ろしていた。

先ほどまで登壇していたブルークラウンをとりまいて、シュンや他のメンバーが嬉々とした声をあげながらセミナールームをあとにしていく。次のグループのメンバーが入れ替わりで入室してきている。

「いえ……別に。何でもありません」

会釈し、再び机に眼を戻した。

「ちょっと、外で話しませんか」

普段とは異なる慎重な様子で石黒リーダーが言った。

セミナールームで言葉を交わすことはあっても、こうした誘いを受けたことは今まで一度もなく、戸惑いながらも頷いて席を立った。

ウルトリアの本社ビルを出ると、石黒リーダーに案内されて、近くの雑居ビルの二階にある喫茶店に入った。

「ここは、普段の面談では使わないんですが、たまにこっそりひとりで来るんです。たったカップ一杯淹れるのに、贅沢に三十グラムも豆を使うんですよ」
カウンター越しにオリジナルブレンドの珈琲を二つ注文すると、石黒リーダーは正面をむいたまま、面映ゆそうに頬をゆるめた。

空調が程よくきいた薄暗い店内は、わずかな電球でほのかに明るんでいる。

客は若い女性がひとりだけ見え、奥の席で文庫本に視線を落としている。棚に据えられたスピーカーユニットからは、ジャズのピアノ・トリオが静かに流れていた。ゆったりした時間の流れる店内の雰囲気とは逆に、落ち着かなかった。カウンター内で作業をする店主の手元を見つめながら、相手が話しはじめるのを待った。

老齢の店主は、挽いたばかりの豆を布製のフィルターに入れ、そこに湯を少しずつこぼしながら蒸らしている。やがて抽出された珈琲を、ソーサーに載せた白い磁器のカップにゆっくりと移し、カウンターに置いた。香ばしい豊かな薫りが漂ってくる。
「どうです、ビジネスの方は」
石黒リーダーはカップにそっと口をつけ、ふくむところのなさそうな軽い調子で訊ねてきた。

相手には自分の状況が筒抜けだとわかっていても、正直にこたえる気になれない。
――自分ひとりで何でもやろうとしないの。とにかくＡＢＣ。もっとアップのやり方真似して。

一向に子会員が増えず、人も連れてこない僕に業を煮やしたブルークラウンから、何度も改善を求められた。仕方なくシュンに倣い、見栄をかなぐり捨てて誰彼かまわず「すごい」を連呼してみたものの、それでもうまくいかなかった。

曖昧な表情をうかべ、わずかばかり首をかしげると、石黒リーダーはこちらの返事を待つことなく言葉を継いだ。

「皆、最初はそうなんです。それが普通なんです」

石黒リーダーが正面の壁にかけられたメニューをながめながら、淡々とした声でつぶやく。

「壁にぶち当たってからが本当の勝負、なんですよね……みんなそこでやめてしまいますから」

入り口の扉が開く音がし、客がひとり入ってきた。白髪(しらが)まじりの男は、カウンターの端に腰を下ろすと、メニューも見ずに、小声で店主に注文を告げている。

「もう、やめたいですか」

驚いて顔をむけると、石黒リーダーが感情の読めない眼で僕を見ていた。やめたいとも、つづけたいとも言えなかった。

「どんなことがあろうと、最後まで諦めなかったものだけが成功し、笑うんです。人脈とか、知識とか、乱暴に言ってしまえば努力だって問題じゃないんですよ。弱い自分自身を最後まで信じぬくことができるかどうかなんです、大事なのは」

いつかの懇親会の壇上で、マイクにむかって成功を宣言していた自分の姿が、おぼろげに眼に映る。

「ひとりで全て抱え込む必要なんてないんですよ。我々は、一生涯の大切な仲間として竹田さんを本気で応援してます、ので」

石黒リーダーが穏やかな声で言った。

セミナーで顔を合わせるたび、挨拶がわりに鼓舞してくれるメンバーの何げない言葉の数々が、今頃になって胸を浸してくる。気づけば、カップに残った珈琲を見つめたまま何度も頷いていた。


まだ夜の明けきらない仙台駅前は、かなり冷え込んでいる。薄着で来たことが少しだけ後悔された。秋の訪れが東京よりも早く、すっかり黄に色づいたケヤキやイチョウの葉が、青い陰におおわれた薄闇の通りにつらなっていた。

駅前のファストフード店で朝食をとっていると、緑色の車が店の前に現れた。スポーツウェアに身をつつんだタケシが車内から手を振っている。

「ごめん、突然呼び出したりして」

助手席に乗り込むと、タケシはいつもの屈託のない笑顔をむけてきた。

一緒にサッカーをしないかとタケシから連絡があったのは、先週のことだった。地域の青年経済会に招かれて年に一度のサッカー大会に出場することになったものの、会員の中に経験者がほとんどおらず困っているのだという。突然の誘いではあったが、承諾し、昨夜の夜行バスでやってきた。

市街地を走っていた車は、しばらくして競技場の敷地内に進入し、減速していく。タケシは慣れた動作で右手に握ったハンドルグリップをさばくと、広い駐車場の一角に車を停めた。

僕らは車を降りて、駐車場に隣接した競技場の中に入ると、正面スタンドの隅の方に荷物を下ろした。

陸上トラックに囲われた眼下のグラウンドは、まだらに土の露出した芝生がひろがり、一部が枯葉色に移ろいはじめている。すでに何人かがボールを蹴っていた。

着替えを済ませてグラウンドに足を踏み入れると、やわらかな芝生がアスファルトに慣れきった足をつつんだ。

「ユウキ」

先にグラウンドで待っていたタケシが、僕にむかってボールを蹴り出す。義手を外しているために、バランスをとろうとする右腕が舞い踊るように大きく動いていた。

小さく弾みながら迫ってくるボールを右足で受け止めると、ほとんど忘れかけていた感触がつたわってくる。

　感覚を確かめるよう足先でボールを転がしてから蹴り返すと、加減がわからず思った以上に勢いよく飛んでしまった。

　後方に逸らしたボールをタケシが追いかけていく。体重が増えて動きは重そうだが、欠損した左腕のせいで、心持ち上半身の平衡を欠いた独特の走り方は昔のままだった。

　再びボールが転がりながら戻ってくる。タイミングを計ってボールの底を足先で浮かせ、入れ替えた左足で胸の高さまで上げると、大きく反動をつけた右足で、落下してきたボールを高々と蹴り上げた。

　仰ぎ見ると、雲の薄くのびた秋の空に白い球体が収縮していく。その影をじっと見つめた。

　小学校の低学年の頃にサッカーをはじめたが、チームの練習は週末のみで、平日は放課後の校庭でひとり日が暮れるまでボールを蹴った。腰の高さまで連続して蹴り上げ、地面に落とすことなく何回つづけられるか、一心にボールに意識を集めた。その時間だけは、贅沢の許されない家のことも、わずらわしい人間関係がはびこる学校のことも、期待よりも不安の方が大きい将来のこともすべて忘れることができた。

　空の一点で、瞬間ボールが静止し、なめらかに膨張しながら元の大きさに戻っていく。

目測した落下地点に素早く入る。右足で勢いを殺そうと試みたが、ボールは大きく弾かれて意図しない方向に飛んでいった。

「どうした、宮城選抜。すっかり錆びついた？」

ボールを捕獲して戻ってくるとタケシが笑いながら近寄ってきた。

「らしい」

足裏でボールを操るようにドリブルし、タケシに体をむけて近づいていった。何度かボールをまたいで揺さぶり、体に染み付いた動作で左にフェイントを入れる。相手がつられ、重心がかたむく。そのまま股の間にボールを通して抜き去った。

準備を終えた人たちがグラウンドの中央に集まり、簡単な挨拶のあと、それぞれ何となく決められたポジションに散った。

「遠慮すんなよ、ユウキ」

タケシの声が背中に当たる。

試合がはじまっても、グラウンドの方々から笑い声が聞こえる。

連絡を受けたときは大事な大会だと聞かされていたが、実際は、親睦と運動をかねた、どこにでもある草サッカーだった。その時間を純粋に楽しもうとするゆるやかな空気が芝生の上に流れている。

その中で、タケシだけがひとり気を吐いていた。誰がどう見ても下手（へた）くそなくせに、必死にボールを追いかけ、奪いに行き、声を張り上げる。タケシが発する熱は伝播するようで、次第にグラウンドを走る人たちから笑いが消え、プレーにも真剣さが増していった。

昔からそうだった。何事にも全力を尽くさないと気が済まない。ただ、そうしたタケシの一本気な面が、周りからいつも好意的にとらえられてきたわけではなかった。とりわけ中学の頃は、その愚直さが一部の心ない連中の嘲笑や侮蔑の対象となり、彼の義手を匂わせる揶揄や毒をふくんだ言葉がしばしば浴びせられていた。そんなとき、タケシは決まって黙りこみ、一切の表情を失う。そして、かたわらの僕はといえば、自尊心が満たされていくのをはっきりと意識しつつ、それらしい顔でタケシをかばうのが常だった。

ボールを奪われたタケシが、相手の選手を追いかけ、激しく体をぶつけている。

パスを出されてかわされると、タケシはバランスを崩し、膝をついた。右手を地面にのばして立ち上がろうとしたものの、しゃがみ込んだままよろめいている。

「あんまり無茶するなよ」

手を貸そうとしたが、

「平気」

と、タケシは乱れた息づかいで僕を制し、再びボールを追っていった。

あえぐように右腕と首を振って走るその姿は、広いグラウンドの中でもひときわ目立つ。ほどほどに汗を流し、ほどほどに楽しんでおけばいいものを、それができない。見ていてもどかしかった。にもかかわらず、何故だかタケシに執着したくなる。

自然と走り出していた。

「タケシ」

呼びかけに反応すると、必死な動作で奪ったボールを蹴ってよこした。

時計まわりの回転が強くかかり、グラウンドに接地するたび、ボールが離れていく。足をのばし、どうにか足先にボールを当てたが、体勢が崩れ、転倒しそうになる。ボールが相手ディフェンダーとの間に転がっていく。相手がボールを蹴り出そうと、猛然と接近してくる。瀬戸際で先に触れ、ディフェンダーの股間にボールを通してかわす。前に飛び出していたキーパーの位置を確認し、ほんの一瞬、全身の力を抜いて、ボールの右底を鋭く蹴り上げた。

ボールはなめらかな弧を描き、イメージした弾道をかろうじてなぞっていく。横にとんだキーパーの指先をかすめ、ゴールの右隅に転がってネットが揺れる。振り返ると、タケシが嬉しそうに右腕をひろげて駆け寄ってくるのが視界に入った。

試合は、何回かの休憩を間に挟みながら、午前中一杯つづけられた。

久し振りの運動ということもあり、終わった頃にはすっかり脚に力が入らなくなって

いた。スタンドのベンチに座り込んでいると、

「みんなユウキのことうまいって、びっくりしてたよ」

経済会の人たちと談笑していたタケシが歩み寄ってきた。ペットボトルの水を手渡してくれる。

「宮城選抜だったんだから、当然なのにな」

タケシは自分のことのように喜んでいた。

中学生のとき、県の選抜チームに選出され、順当に前途が開けていくかと思えたが、それも束の間だった。練習や他県の選抜チームと試合を繰り返すうち、遥かに技術に優れ、高い身体能力を備えた同世代を何人も目の当たりにした。

「昔のことだよ、そんなの」

意図せずそっけない口調になった。

汗ですべるのか、タケシがキャップを開けるのに手こずっている。

手をのばし、拳ほどに突き出た左腕と脇に挟まれたペットボトルを取り上げると、力をこめてキャップを回した。プラスチックの切れる小気味よい音が鳴り、手応えがなくなったところでタケシに返す。

隣から礼を述べる声が聞こえて、静かになった。

ゆるい風に運ばれて、土の匂いがかすかに漂う。水を飲みながら、眼下のグラウンド

をながめた。

紗のような雲の群れが太陽の前を横切り、芝生が淡い陰に沈む。父親の応援にきたのだろう、二人の幼児が、彼らには大きすぎるボールを蹴って遊んでいる。少し離れたところから、母親が穏やかな表情で見守っていた。

「先月、こっち帰ってきた？」

予期せぬ問いかけにタケシの横顔を凝視しそうになったが、あやういところで踏みとどまった。

「ああ。沙代が転職したいって言うから、その相談で来たけど」

声が苦し紛れな響きになったのが、自分でもわかった。

先月から何度か帰郷している。いずれも高速バスによる日帰りの強行日程で、家族にも、もちろんタケシにも知らせていない。

在京の友人や会社の同僚に当たり尽くし、東京での活動に行き詰まりを感じてからは、当初避けていた地元の人脈にも声をかけるようになっていた。同級生や教員、当時所属していたサッカークラブのチームメイトやコーチ、よく通っていたラーメン屋の店主、アルバイト先の同僚……。

皆には他言しないよう口止めしていたが、どこかから漏れ伝わってしまったか、街中にいる姿を見られてしまったのかもしれない。

「上京すれば簡単に編集者になれると思ってるからさ、あいつ。現実は甘くないよって
ずっと忠告してるんだけど――」

声がうわずっているのを感じつつ、それでもつづけずにはいられなかった。

タケシはこちらの話にほとんど反応しない。やがて半分ほどに減ったペットボトルを
右手でもてあそびながら言った。

「困ってることあるんだったら、遠慮なく……言えよ」

非難がましい響きはなかった。その眼は何か見透かしているようでいながら、邪気の
ない光を帯びていた。

「……わかってる」

僕はグラウンドに視線を戻した。

先ほどまで見守っていただけの母親が、いつの間にか子供たちの輪に加わり、何か明
るい声をあげながら一緒にボールを追っている。陽光をさえぎる雲は空の一角に留まっ
たまま、なかなか切れなかった。

踵（かかと）のすり減った革靴で踏みしめるたび、乾いた音を立てて足が沈みこむ。ケヤキ、サ
クラ、カツラ、コブシ、エゴノキ、イチョウ、トウカエデ……辺り一帯に堆積した枯葉
からかすかな香りが立ちこめ、冬の到来を教えてくれる。

週末の昼下がりとあって、都内の総合公園は多くの家族連れでにぎわっていた。コートのポケットに両手を突っ込みながら、当て所なく歩きつづけた。

園内の時計に眼が留まる。

すでにセミナーがはじまっている時刻だった。ウルトリア本社のセミナールームにメンバーが集い、壇上に立ったブルークラウンや石黒リーダーが、笑顔で檄を飛ばしている様子が頭にうかぶ。

ここしばらく、セミナーは休みがちになっている。週末は仙台での勧誘活動に費やしていたが、この日は、仙台での面談予定もなければ、都心で誰かと会う予定もない。セミナーに出席するつもりで家を出たものの、電車に揺られながら窓外の景色に漫然と意識をむけているうち目的の駅を乗り過ごしてしまった。

前方に陸上競技場が見えてくる。手前の舗装された広場にも、多数の人影があった。仲間同士でバドミントンをしたり、音楽にあわせてダンスをしたり、あるいは、大学生風の男たちが壁際のゴールの下でバスケットボールに興じたりしている。

広場を過ぎ、園内を一周するアスファルトの道路にさしかかると、大勢のランナーが走っていた。上下に動く体は上気し、白い息を吐きながら、途切れることなく次から次に通り過ぎていく。

近くのベンチに腰を下ろして、その様子を見つめた。

この公園にどれくらいの人がいるだろう。全ての人に声をかけて、ウルトリアに勧誘したとしたら、果たしてどれくらいの人が興味を持ってくれるだろう。埒もない思いに浸りながら、そこにいささかの期待も抱いていないことに気づく。

再び、気持ちが離れつつあった。

仙台にまで勧誘の範囲をひろげ、悪くない感触をつかんでいたものの、情けで入会の契約書にサインしてくれた二名を除けば、入会にはなかなかいたらなかった。地元で興味を示してくれる人が現れても、遠隔地とあって都内のセミナーに動員することは簡単ではなかった。石黒リーダーたちは東海や関西にも大きなグループを構築し、定期的に訪れてセミナーを開催していたが、東北地方には基盤がないために、彼らの直接的な協力を仰ぐこともできないでいた。

収入が増える見通しはなく、相変わらず出費はかさんでいる。会員資格の維持や営業用の商品購入の費用に加え、仙台までの往復の交通費も、片道数千円の深夜バスとはいえ、毎週となれば馬鹿にならない。なるべく生活費を切り詰めていたが、残業手当分の収入がそっくり減っていることもあって会社の給料だけでは到底足りず、貯蓄に手をつけるようになっていた。

——どんなことがあろうと、最後まで諦めなかったものだけが成功し、笑うんです。

石黒リーダーの言葉が、鉛のように重たい頭の中で幾度となく浮沈する。

ぼんやりしていると、むこうから迫ってくる中年の男性ランナーに眼が吸い寄せられた。

大量の汗でシャツを濡らし、白い歯を剝き出しにして荒い呼吸を繰り返している。腿やふくらはぎは浅黒く光り、長い時間をかけて地道に鍛え抜かれたであろう筋肉で深い陰影が刻まれている。

そのランナーを眼で追いながら、ふと、すでにウルトリアを退会する気でいることに気づいた。だが、それでいいのかもしれない。自分なりに力を尽くして、思うような結果が得られなかったのだ……。

日がかたむき、人影が舗道に長くのびている。僕は、わざとらしく両手で膝を打って腰をあげると、公園をあとにし、家路についた。

翌日、出社すると、いつにもまして仕事に身を入れた。

自分にはこれしかないと思うだけで、同じ作業でもそれなりに張り合いも出てくる。机上のモニターにむかい、キーボードを叩きつづけた。

作業をしていると、遠くの方で電話が鳴った。久々に電話の呼び出し音を耳にした気がする。

日中にもかかわらず、また、これほど多くの社員がいるにもかかわらず、フロアは異様な静けさに支配されている。

以前は業績が悪化しようと、弛緩した中にも活気があった。取引先や出先の営業員からかかってくる電話の呼び出し音は間断なく鳴り、手を止めた社員らの冗談まじりの笑いさえ聞こえていた。

フロアを見ると、ぎっしりと社員がならんでいる。それまでは空席が点在し、全体的に余裕があったが、人員整理以後、大掛かりな配置転換が行われ、ビル内の三つのフロアに分散していた東京オフィスは一フロアに統合されていた。

「ちょっと、あなたね」

突然、背後で怒声がした。

振り向くと後ろの島にいる男性社員が立ち上がって、凄むような表情でこちらを見下ろしている。

「さっきからエンターキー強く叩き過ぎなんですよ。タンタンッ、タンタンッ馬鹿みたいに強く叩いて。ちょっとは周りのこと考えてくださいよ」

無意識のうちに力が入っていたのかもしれない。

「す、すみません」

立つことも忘れて、頭を下げた。

五十過ぎのその社員は、別フロア組のひとりだった。九州行きは免れたが、その後の人員整理の対象となり、連日のように人事の面談に呼ばれていると聞く。早期退職はむろんのこと、ほとんどそれと同義のキャリア支援センターへの異動にも、拒否の姿勢をつらぬいているらしかった。

「この人、本っ当に無神経なんですよ。キーボードをタンタンッ、タンタンッて。こっちの気も知らないで。いい加減にしてほしいんですよ、もおっ」

抑えが利かないようだった。激しく振り上げた人差し指を何度も僕に突きつけてくる。ひとりの女性社員が歩み寄り、無言で男性社員の背中に手を添えた。

「こんな嫌がらせに俺は負けねえよ。負けてたまるかよっ」

誰にむけられたのか曖昧な呪詛がフロアにひびきわたる。離れた席に座る社員の何人かが、驚いてこちらの方を見ていた。

男性社員はまだ何か言い足りなそうだったが、顔をゆがめたまま目をつむると、荒々しく席に座った。何事もなかったように、フロアは静けさを取り戻した。

キーボードの打鍵音に気を使いながら作業をしていると、

「竹田さん」

と、柱の陰から呼ばれた。

先月赴任してきた課長代理だった。この春まで井野さんが座っていた席だからか、いまだに違和感を覚える。

席を立ち、課長代理のところにむかった。

「これ、やり直して」

　修正を加え、再提出してあった稟議書類の束を突き返してきた。

　これで二度目だった。これまで通り社内のマニュアルに沿って作成したもので、確認作業は念入りに行ったつもりでいたが、もしかしたら、まだ見落としがあるのかもしれない。

「……失礼しました」

　午後、不明瞭と思われる箇所を訂正し、補足資料を追加した上で提出した。課長代理
はその場で煩わしそうにめくると、デスクの上に放った。

「駄目、こんなの。通せないって」

　どこに不備があり、どのように直せばよいか、これ以上は見当がつかなかった。

「そんなの自分で考えてよ」

　きっと何か個人的に気に入らないことでもあって、不機嫌なのだろう。そう思いたか
ったが、相手が理不尽な要求を突きつけてくるのは今回だけではない。

「具体的にご教示いただけると、助かるんですが……」

「考えてって」

　課長代理が眼も合わさず言った。

　非情な声を耳にし、全身から力が抜けていく。拒否された書類をかかえると、無言で

その場を離れた。

会社に対する小さな希望はあっさりと失意に変わってしまったが、それからあまり時間を空けずに、大手電機メーカーの採用面接の機会を得た。

以前から要望をつたえてあった転職斡旋会社から、紹介可能な面接先が見つかったと連絡を受けていた。担当者によれば、台湾資本の日本法人が営業職を募集していると言い、先方の提示している待遇も希望の条件に概ね適うという。

普段よりも遅く自宅を出て、最寄りの駅から電車に乗った。

平日のこの時間の車内は空いていて、老人や学生風の若者ばかりが眼につき、自分以外にスーツを着た乗客はほとんど見当たらない。会社には、事前に午前半休を申請していた。

ターミナル駅で降り、いつもは利用しない路線の電車に乗り換える。

つり革につかまりながら、窓の外に視線を据え、細かく陽光を弾き返す濠の水面をながめた。かすかな緊張が体に流れ、胸の中で期待がふくれあがっていく。

もし今日の面接で採用されることになれば、これまで抱えていた問題はほとんど解決されるといってよかった。家賃を払い、酒場を呑み歩き、たまにふらりと旅に出ることぐらいは、どうということもなくなる。陰鬱なフロアの雰囲気に息苦しくなることも、難癖をつけてくる課長代理の顔を見ることもない。ウルトリアでいう「成功」にはおよばなくとも、リストラがはじまる以前のように平穏で、気ままが許される生活が戻ってくる……。

やがて目的の駅に停車し、電車を降りた。

面接は、予想を超えて和やかに進み、入念に準備していた志望動機もどうにか前向きな形でつたえることができた。

口元に微笑をつくった面接官は僕の返答に頷くと、型通りに現在の業務内容を訊いてきた。

所属する販売サポート部では、発注や納品に関わる書類作成をのぞけば、これといって決まった仕事はない。年に数回の展示会の準備、受注の気配を欠いた見込み顧客の管理、まず実現されることのない営業からの要望の吸い上げ、親会社への言い訳じみた説明資料の作成……そうした、場当たり的に上役から指示される業務を体裁よくつたえた。

「これまでのお仕事の中で定量的に貢献したものって、何か具体的にありますか」

そんなものはなかった。販売部のフォローをすることはあっても、売り上げの責任までは負わない。

「そうですね、展示会なんかは売り上げが上がったことはありますけど」

「前年比でどれくらいですか」

「えっと……五パーセントとか、六とか」

顔が火照り、額や脇が汗ばんでくる。

「具体的にどのような改善をされたんですか」

うまく答えられずにいると、面接官の表情が変わった。

「基本的にクライアントとの交渉が仕事のメインになってくるんですが、直接、客先に出向いたりすることは？」

「えっとそれは、あまり……ないですね」

台湾には月に一度の頻度で出張があるのだがと前置きし、面接官はさらにつづけた。

「TOEIC600点ということですけど、実務のご経験の方はどれぐらい、おありですか。現地とは、中国語もしくは英語でのやりとりがメインになるんですが」

転職斡旋会社の担当者には、英語は問題ないとつたえていたが、学生時代に、就職に有利になるからと、資格代わりの試験を繰り返し受けて得点を高めただけで、入社してから業務で必要に迫られたことはない。試験の結果が裏打ちしてくれるだろう語学力にしても、数年経った今ではすこぶる怪しいものだった。

「えっと……ありません。ですが、語学力については向上するよう努力していきます」

面接官の目から力が失われたように見えた。

その後も二、三の質問がつづいたが、面接は間もなく切り上げられた。気持ちが重く沈み、目礼をして退室したときには、面接を受けたことを悔いていた。

午後から会社に出たが、仕事をする意欲が欠片も湧いてこない。トイレの個室で午睡をとったり、自席のコンピュータで、インターネット上にあふれる業務とは無関係の情報を漫然とながめたりして過ごした。

定時を待って、そそくさと会社をあとにすると、ビルの狭間をぬける木枯らしが吹きつけてきた。コートの隙間から寒気が入りこんでくる。仕事など何もしていないはずなのに、ぐったりと体が重かった。

まっすぐ家路につく気にはなれず、かといって、忘年会シーズン真っ盛りの街でひとり酒を呑み歩くのは、ただでさえ腐った気分をますます惨めなものにしてしまう気がした。

考えもまとまらないまま、駅にむかって歩いた。

すでに日は没し、白、黄、赤、緑、青……様々な光が、繁華街の商店やビルから惜しげもなく放たれ、夜の街を彩っている。これから酒席にむかうのだろうか、通りのいたるところに人だかりができ、ざわめきをおしのけるほどの笑い声がしきりだった。

派手な電光と呼び込みのアナウンスを辺りにまき散らしている電器店が右手前方に見えてきたところで、鞄の持ち手が震えた。中に入れたスマートフォンが着信を知らせている。シュンからだった。しばらく端末の画面を見つめ、出ると、無邪気な声が耳にとどいた。

「ユウちゃん、今日のパーティー来るでしょ？」

この夜、ウルトリアの納会が予定されているのは知っていた。幹事のメンバーに欠席の連絡は入れたはずだが、シュンにはつたわっていないのかもしれない。

勤め人風の五、六人の男女が陽気にさわぎながら目の前を通り過ぎていく。ひとりの男が、メニューを手にした通りの客引きに何か戯れ言を返していた。

不意に耐えがたくなって、受話口を耳に当てたまま視線を上げた。幾本もの高層ビルが夜空にそびえ、整然とならんだ無数の窓からは、蛍光灯の白光が煌々と漏れている。

「そのつもりだけど」

覚えず大きな声になった。

電話を切り、人波を縫って駅へ急いだ。

会場に着くと、立食形式のパーティーは、いつになく装った参加者たちでごった返していた。グラスを手にしたメンバーの何人かが僕に気づき、待ち構えていたようにあたたかく迎えてくれる。

人垣を割りながら石黒リーダーがこちらに近寄ってきて、おもむろに両手を開き、そっと笑みを浮かべた。

「お帰りなさい」

嫌みのない声が胸底に染みてくる。

グラスをかたむけ、少しだけ気の抜けたビールを、喉を鳴らして呑んだ。会の盛り上がりにいささか圧倒されながらも、深く安堵している自分自身に気づいていた。

三

幾度かの雪を降らせた寒気はやわらぎはじめ、わずかながら春の気配が街に漂っている。テレビの天気予報では温泉地の梅まつりの様子が映し出され、全国の予想気温が表示されたテロップの背後で、山の斜面をおおう白梅や紅梅が小さな花をつけていた。

夕食を済ませ、ぼんやりテレビに眼をやりながら部屋で寛いでいると、スマートフォンが鳴った。

「もうご覧になりましたか。竹田さんのダウン、すごいことになってます」

石黒リーダーのはずんだ声には、どこかふくみが感じられた。

すぐに電話を切り、急いでコンピュータを立ち上げ、ウルトリアの会員サイトに接続した。

会員サイトには、商品の確認・発注、売り上げや収入の管理、会員各自が構築したグループの状況確認など様々な機能が集約されている。定期購入の発注・発送などは全て自動化されていることもあって、ここしばらく訪問していなかった。

　モニターの画面に、自分を頂点とするピラミッド型のグループ図が映し出される。目を瞠（みは）った。

　グループが大幅に拡大している。つい先月までは、ダウン、つまり子会員は二名しかいなかったはずが、そこに八十名あまりが新規に加わっていた。

　さらに、新加入の子会員の売り上げをひとつずつ確認していくと、ボーナス受給資格となる定期購入の商品の他に、複数の商品を購入している人がほとんどだった。中にはひとりで十万円以上購入している人もいる。

　すでに今月の売り上げは、グループ全体で二百五十万円を超えていた。新規会員を獲得した初月に付与される特別ボーナスを合わせると、現時点で口座に振り込まれる額は四十万円近い。それは、ウルトリアではじめて手にするまともな額の収入というばかりでなく、会社から振り込まれる給与の二倍に迫るものだった。

　画面の数字を見ているだけで、自然と頰がゆるんでくる。これまでの労苦が全て報われた気がし、重力から解放されたように体が軽い。このまま外に飛び出し、思い切り大声を張りあげながらどこまでも走りたかった。

　興奮を抑えられぬまま台所に行き、棚から赤ワインのボトルをとると、グラスに勢いよくそそいだ。一息に口に流し込む。すぐに酔いがまわり、緊張を心地よくほどいていく。

　グラスにワインをそそぎ足し、あらためて画面のグループ図を見つめた。

　ピラミッド状に枝分かれしたグループ図の中に、ひときわ多く分岐している子会員がいる。金村良子。オーナー企業の社長夫人で、彼女自身もチーズ教室やワイン教室をいくつも主宰し、多くの生徒をかかえている。先日、石黒リーダーから紹介を受けて、僕の直下の子会員となったばかりだった。

　居間のテレビでは保険会社のコマーシャルが流れている。穏やかな微笑をうかべた保険外交員と一組の家族が映し出され、チャイコフスキーの弦楽セレナーデとともに、男性ナレーターの湿っぽい声で人生の尊さが語られている。

　テレビを消し、グラスに口をつけた。

　モニターの画面に映し出された金村の名前からなかなか眼が離せなかった。終電車だろうか、遠くの方でレールの継ぎ目を踏み鳴らす音が、閉め切った窓からかすかに聞こえていた。

　その日を境にして、グループは金村を中心に爆発的に拡大していった。

　もともとの人脈の太さに加え、自信に支えられた彼女の話し振りには、強引さとは違う説得力があり、誰にでも分け隔てなく振りまかれる愛想の良さも手伝って、人の心をつかむ能力に長けている。金村が自分のところに見込み顧客を連れてきたときには、すでに彼らは入会する気になっている場合がほとんどだった。僕は、金村の横でパンフレットをひろげ、型通りに説明するだけでよかった。

毎日のように新規の子会員が増え、二ヶ月後には二百数十名にまでグループは成長した。ブルークラウンや石黒リーダーが主宰する定例セミナーでは、部屋に全員入りきらず、僕のグループだけ別の時間に開催しなければならないほどだった。

グループ全体の売り上げは早くも五百万円の大台を突破し、ウルトリアから振り込まれる収入もこの月は七十万円あまりにおよんだ。

月末、メンバーとともに、パーティー会場へとむかった。

「このたび、シルバーアンバサダーになられた竹田優希さん。どうぞ、壇上へ」

ブルークラウンがマイクにむかって声を張り上げた。会場中から拍手が沸き起こる。

僕は立ち上がり、イタリア製の生地で仕立てられたマリンブルーのジャケットの前をかき合わせた。両手でボタンを留める。値が張り、自分には大仰過ぎるとも思ったが、はじめての表彰となるこの日を特別なものにしようと、思い切ってあつらえたものだった。

壇上にむかう途中で、何人かのメンバーが駆け寄ってくる。

「おめでとっ、竹田さん」

礼を述べ、彼女たちから花束を受け取った。赤や黄のチューリップやスイートピーが腕の中でふっと香り立つ。記憶に誤りがなければ、これまで人から花を贈られたことなどない。ずっと自分には無縁のものと思っていた。

壇上でブルークラウンとむかいあうと、銀色のピンバッジを手渡された。

「本当にすごいわね、もっともっと伸びるわよ」

拍手が一段と高まった。カメラのフラッシュがしきりに視界の端で明滅している。

石黒リーダーが白い歯を見せて歩み寄り、握手を求めてきた。

「やりましたね。でも、これぐらいで満足しちゃ駄目ですよ。スターにならなきゃいけないんですからね」

かたい握手だった。相手の表情には、こうなることが前もってわかっていたとでも言いたそうな確信と妙な落ち着きが見える。

うながされて、マイクの前に立った。

壇上からは、メンバーひとりひとりの顔がよく見える。再びこの場に立つとは思っていなかった。

「正直、何度もやめようと思いました」

やめていたら今頃どうなっていただろう。閉塞した現実をどうすることもできず、膨張をつづける漠とした不安に、ただ苛(さいな)まれていただけかもしれない。

「でも諦めないで、ここにいる皆さんに支えられて、それで、ここまで来ることができました。本当にウルトリアと出会えてよかったと思っています……本当に」

言葉にしてみて、はじめてその意味が深いところで理解できた気がする。

「でも、それは単に、収入が入ってきて、タイトルが昇格したからだけじゃありません。そうではなくて、人付き合いの下手くそな自分が、こうしてともに同じ夢にむかっていけて、悩みも苦労も、それから歓(よろこ)びも、そういうものを心から分かち合える仲間が、こんなにもたくさんできたことが、すごく……嬉しいんです——」

スピーチを終えても、会場全体にこだまする大きな拍手はなかなか止まない。何かを成し得た気がし、体が熱くたぎる。

一礼して、マイクから離れた。

その後も、あまりの順調さに時に怖くなるほど、新規の会員は増えていった。日に日にグループが拡大し、それにともなって売り上げが積み上がる。網目状のグループは細胞のごとく分裂を繰り返し、みるみる増殖してゆく。人が人を呼び、熱狂が熱狂を焚きつけ、金が金を生み出す。とらえどころのない運動のうねりは、どこまでも際限なく連鎖していくようだった。

約束の時間まで数分残して、スーツ姿の男性客が喫茶店の入り口に現れた。他に同伴者らしき人影は見えない。男性客はスマートフォンを手にし、応対した店員に何か告げながら、誰かを探すように店内に眼を配っている。

堂林良則と登録された番号に電話をかけると、間もなく、入り口の男性客が端末を耳に当てるのが見えた。

「お店に着かれましたか、こちらです」

送話口にむかってそう言い、片手をあげた。

堂林さんはすぐに気づき、歩み寄ってきた。椅子を引き、僕とむかいあう形で通路側の席に腰を下ろす。

通常の商慣習では、自分が座っている壁側の席が上座にあたるが、客や店員の動きが視界に入り、相手の注意を妨げてしまう。それを避けるため、なるべく景色の動かない席に相手を置くのがウルトリアでは定石とされていた。

「本日はお時間いただきまして、本当にありがとうございます」

テーブル越しに手を差し出し、いつしか自然な振る舞いとなった握手を求めた。

堂林さんが当惑しながらも、軽く握り返してくる。

「今日は、お仕事ですか」

同世代か、もしかしたらいくらか下かもしれない。想像していたよりもかなり若かった。

「ああ……いつもは週末は休みなんですけど、今日は午前中だけ、たまたま」

「すみません、お忙しいところわざわざ」

　さりげなく靴や鞄に眼をやり、やや痩せぎみな全身の風貌を観察する。派手なところは見られない。充実している風でも、特段何かに不満を抱いている風でもない、どこにでもいる勤め人だった。

「いえ、どうせ帰り道ですから。仕事も早く終わりましたし」

　かすかに緊張をにじませた声で相手は言った。

　儀礼的に口元に微笑をつくっているが、やや警戒心が強い。今日のことをどのように伝え聞いているのだろう。

　堂林さんは、先日、中年の女性メンバーのひとりから紹介された。

　本来は、彼女もこの日の面談に参加し、事前に打ち合わせもする予定でいたが、直前になって、急遽行かれなくなったと連絡が入った。そのため、堂林さんについては、彼女の知人であることぐらいしかわからない。

「竹田優希と申します。ウルトリアというところで、コンサルタントをしております」

　簡単に身分を紹介し、当たり障りのない話から情報を引き出していく。

　食品メーカーで営業をしている堂林さんは、社会人五年目で独身、ここから電車で二十分ほど離れた街のアパートでひとり暮らしをしているという。営業先でパートをしている女性メンバーから、どうしても聞いてもらいたい「すごい話」があると言われ、この日の面談を半ば強引に設定されてしまったようだった。

どういう経緯であれ、構わなかった。対面して話ができ、ウルトリアのビジネスに参加してもらえれば、こちらの目的は果たせる。数百名の子会員を抱え、月額七十万円を超える収入が、かつてない自信をもたらしていた。

「堂林さんは、何か夢って、ありますか」

いくらか唐突に訊いた。

「夢ですか……いや……何ですかね」

相手の顔に戸惑いの色がうかぶ。

「何でもいいんですけど、そうですね、例えば大きな家に住んでみたいとか、高級車に乗ってみたいとか、社長になりたいとか、豪華クルーザーで世界一周とか」

「別に……特には」

反応は薄い。

半ば予想していた言葉だった。趣味もなく、休日も家でゴロゴロしていると言う。出世欲も物欲も強いようには見えない。目的もないまま何となく今日まで生きてきて、これからも何となく生きていく……概ねそのような感じなのだろう。何もおかしなところはない。誰もが、夢という名で置き換えられる自己実現を望んでいるわけではないのだ。

「それじゃ、逆に、今の暮らしがこの先つづけられなくなるとしたら、どうですか。住むところがなくなったり、ケータイ代が払えなくなったり、スーパーで買い物ができなくなったり。それって、困りませんか」

「まあ、困りますねそれは」

渋々認めるような声だった。

いくらか大袈裟に同調し、

「その困る状況が我々に迫ってるんです、まさに今。現在進行形で」

と、生存欲求に訴える方向で話を進める。

かたわらに用意していたスケッチブックをテーブルにひろげ、胸のポケットからモンブランの万年筆を抜いた。

「サラリーマンの生涯賃金って、昔は三億とかって言われてたんですけど、今は一部の大企業をのぞいて大体二億ぐらいしかありません。ところが、老後の資金に必要なのは、仮に六十五で定年を迎えて八十まで生きるとして、これだけかかると言われています」

ためらいのない動作で〝四千万円〟と書き込んでいく。

数字の信憑性について実際のところは知らない。自分でよく調べたわけでもない。石黒リーダーから譲り受けたマニュアルに沿った流れだった。

「一生働いて稼いだお金の、何と五分の一も、老後のために残しておかないといけないんです。本来それは、年金でまかなわれるところだったんですが、足りないんです、数千万円単位で。我々世代では、全然補えないということが試算で出てしまってるんです。しかもご存じのように、年金制度をはじめとする社会保障も、終身雇用の前提も崩れつつある。この生涯賃金も、我々の親世代がたんまりもらった退職金も、今後はすこぶる怪しい。自分でどうにかしなきゃいけないんです。誰も、助けてくれません。堂林さんだったら、どうします？」

親しげな笑いをわざとらしくうかべ、反応をうかがった。

「さあ……どうしましょう、かね」

他人事のような言い方だった。

それもそうなのだ。二十代で先々のことまで考えている方が珍しい。僕自身、そうだった。泡沫（ほうまつ）のごとく湧き上がる日々の疑問や不安に眼をそむけ、周囲の流れにしたがって漫然と毎日を過ごしてきた。

「そうなんです、おっしゃる通りです。堂林さんは何も間違ってません。どうにもできなくて当然なんです」

語気を強めて言い、万年筆を走らせる。白い紙の上に、ブルーブラックのインクが鮮やかな痕跡を残していく。

「結局、サラリーマン的な働き方って、労働力という形で時間をお金に換えているだけなので、定年という縛りがある以上、生涯賃金って増えっこないんですよ。給料あげたくても、そう簡単にあがらないですよね。あがらないんですよ、いきなり二倍も三倍も。それどころか残業代減らされたり、ボーナスがなくなったりすることも場合によってはある」

空気のように当たり前の存在だった。実際にそれらがなくなるまでは。残業手当もボーナスもそこにあるのが当然だった。

「やっぱり考え方を根本的に変えなきゃいけません。自分の時間をお金に換えるのではなくて、お金をお金自身に稼いでもらう。足し算でなく、かけ算。それが、資本主義社会を賢く生きる方法なんです」

「……まあ」

堂林さんは珈琲に口をつけ、スケッチブックの走り書きを関心なさそうに見つめている。

「じゃあそれってどうやるのって言うと……何かわかります？」

「自分で、店やるとか、あとは物売ったりとか」

いたずらにこちらのペースに引き込まれるのは不快だが、だからといって無知だとは思われたくない、そんな口ぶりだった。

「そうです、さすが堂林さん。労働者ではなく、経営者や資本家になる。これしかないんです。でも、経営するって言っても元手もかかるし、ノウハウもいるし、なかなかできないですよね、いきなりやれって言われても。株やFXだって同じです、ハイリスクだし、簡単じゃない。でも、ひとつだけ抜け道があるんです。それが今日、堂林さんにおつたえしたいことです」

雄弁をふるって言葉を切ると、少し納得したように相手は小さく頷いた。

訊けば、堂林さんはウルトリアもネットワークビジネスも聞いたことがないという。僕は、スケッチブックの上にウルトリアのパンフレットを置き、「抜け道」について説明した。

ウルトリアという会社がネットワークビジネスを主宰していること。ネットワークビジネスは労働収入という「足し算」ではなく、権利収入という「かけ算」の働き方を提供してくれること。誰でも小リスクではじめられること……。

そして、ウルトリアがアメリカの格付け会社から最高評価を得ている点に触れたあとで、

「その超優良、世界的企業が今、一番力を入れている分野があるんです。何かわかりますか。アンチエイジング分野です。ビジネスに大切なことって、どれだけ時代の流れを読めるかってのがひとつあると思うんです。まさにこれがそうです。人口とお金。今、日本って、超高齢社会とかって言われてますけど、その世代にたくさん人がいてお金を持て余してるんです。で、彼らが関心持ってることってもう健康しかないんですよね、

老いや美容も含めて」
そこまで話すと、
「あ、それ食品業界もそうですよ。うちも健康志向とか言って、色々やりはじめてます
から、最近。トクホとかあるじゃないですか」
と、堂林さんが口を挟んだ。
興味を抱きつつあるのかもしれない。語調は依然として控えめなものの、はじめて問
いかけなしに話題に入ってきた。
「なるほど、確かにおっしゃる通りですね」
自然、声がはずむ。
老化の仕組み、遺伝子技術による抗老化の研究、ウルトリアの遺伝子技術への投資状
況と、自分でもほとんど理解できていないマニュアルに記載されただけの情報を、さも
それらしくつたえていく。
「これはまだ全然公になってない話なんですけど、実はブームが来るんです」
「ブーム……ですか」
堂林さんがつぶやいたのは、食指が動いたからなのか、単に訝しんでいるだけなのか。
「ちょうどウルトリアのアンチエイジング商品の新シリーズが、来年日本に上陸するっ
て言われています。前回のブームが四年前だったんですけど、そのブームにうまく乗っ

かった人は、今では月に百万円ほどの収入を得ています。今がチャンスなんですよ、堂林さん。今しかないんです、来年じゃもう遅いんです」

焦燥感をにじませた口調で言う。スケッチブックに〝百万円〟と走り書きし、強調するように何度もその周りを円で囲んだ。

堂林さんは、スケッチブックを見つめている。何かを秤にかけているように映らないでもない。もう一押しだった。

「今の会社の給料とは別に、百万円入ってきたらいいと思いませんか」

品を欠いたあざとい物言いだと以前の自分ならきっと思う。今はもう気にならない。誰だって、金が入れば嬉しいにちがいないのだ。

「まあ……そうですね」

その声にこれまでにない困惑が含まれている、気がした。

「ですよね」

語勢を強め、相手の言葉を待つ。

堂林さんが無言になり、椅子に背をあずける。スケッチブックに眼を据えたまま腕を組んだ。

「うーん、でも、やっぱみんながみんなそんなに稼げるわけじゃないと思うんですよね。百万なんて、いきなり」

溜め込んでいたものを吐き出すような話し方だった。寡黙と思えたが、それは的外れだったかもしれない。

「そんなに簡単にいくとは思えないし……おっしゃってることはまあわかるんですが、でも何か、うーん、何て言ったらいいかな――」

鳩尾の辺りがにわかに膨れあがり、どんよりともたれる。口角を上げて、切れ目のない冗長な批判に耳をかたむけた。

テーブルの下で、気づかれぬよう踵をつけたまま交互に足踏みをする。右、左、右、左……。リズムを刻みながら、しかしできるだけゆっくり。自然と身につけた防御策だった。どんな批判も受け流せる気がし、時間の経過が早く感じられる。

相手の批判が落ち着き、静かになった。

僕は、心なし投げやりな口調で語りかけた。

「私が……はじめてウルトリアの話を聞いたときも、友人からの紹介だったんですけど、最初は堂林さんと同じように胡散臭いなって思ったんです。こんなのありえねえよって」

正面から反論を加えても、気が変わるとは思えず、情に訴えていく。

「けど、今は百万とは言わないですが、それに近い収入を得ています。でも大事なのって、そんなことじゃない、って思ってるんです。こう見えて、前は意固地だったんですよ、人付き合いも苦手で、あんまり他人を信用しなくって。それは、一番仲のいい友人にも同じで……そいつは、すごい人間出来てるんです。しかも滅茶苦茶優秀で、東大出て今は地元で市議会議員とかやってるんですけど、何かすごい劣等感感じちゃって、本音で話せなくって」

　そう言って、鞄から一枚の写真を出した。

「これ、ウルトリアをはじめる前の私です。会社の忘年会のときのものなんですが」

　まだ井野さんとも、脇谷さんとも同じ部署になる前だった。周りが陽気に笑い合っている中、ひとりだけ沈んだ顔で、つまらなそうにグラスの酒を舐めている。

「で、これがウルトリアをはじめてからのものです、年配の方ばっかかなんですけど」

　もう一枚の写真は、タイトル昇格のパーティーで撮られたものだった。青いジャケット姿の自分が花束を抱え、何人ものメンバーと底抜けの笑顔を浮かべている。

「別人……ですね」

　堂林さんが写真を見ながら、いくらか驚いたようにつぶやく。

　座り直し、その目を見つめた。

「こういうことだと思うんです、大切なことって。単にお金だけじゃなくて。本当に今は充実してますから、人生。堂林さんにも、できれば……いや、是非この輪の中に入ってもらいたいんです。心からわかりあえる仲間に、なってもらいたいんですよ。お金の心配もなく、誰からも文句を言われず、何のしがらみもない。信頼できる仲間と本当に好きなことだけをして、その喜びを分かち合う。それが私の夢なんです」

言葉を噛み締めながら言った。視線を前方に固定したまま口をつぐみ、何度も頷いてみせる。

そこから何を感じとってくれただろう。堂林さんの表情に、逡巡と戸惑いが見てとれた。これ以上の追い込みは逆効果になる。

「これも何かのご縁ですから、今日の話が堂林さんに少しでもプラスになれば幸いです。あとは、先ほどおつたえした大切なことを踏まえていただき、堂林さんご自身で判断していただければいいかなと思っています」

いくらか突き放したあとで、さりげなく意向を訊いた。

堂林さんは、両腕を組んだまま首をかしげている。少し考える素振りを見せて、遠慮がちに口を開いた。

「一万円から……できるんでしたっけ？」

思わず、笑みがこぼれそうになる。

「ええ、もちろん」

予定していた面談が全て終わって、久々にひとりで酒でも呑みたい気分になり、酒場に立ち寄った。

「ずっと心配してたのよ、全然いらっしゃらないから」

カウンターの空いた席に腰を下ろすとアヤさんが嬉しそうに近寄ってきた。

「何かあったのかと思っちゃった」

わざとらしい素振りで優しげな顔をしかめてくる。僕は言い訳をする代わりに苦笑し、小さく謝った。

料理はアヤさんに任せ、ビールを呑みながら、店内の様子をぼんやりとながめた。

店は暖かな黄色の光にあふれ、ワイングラスやフォークを手にした客が、コの字のカウンターで肩を寄せ合っている。食器の触れ合う硬質な音や陽気な男女の声が渾然となり、適度にくだけた空気が以前と同じように流れていた。

そうした雰囲気に浸っているうち、最後にこの店を訪れたときのことが思い出されてくる。

そのときは食事ではなく、ウルトリアへの勧誘が目的だった。営業前のカウンター席に腰かけたアヤさんは、話を聞き終えると、この店をやっていくだけで何も不満はないの、と非難めいた態度を見せもせず、いつもの笑顔を返してきた。くもりのない拒否を前に、それ以上粘ることはできず、言い訳がましい言葉を残して店を出てしまった。

残り少なくなったビールのグラスをカウンターに置く。壁にかけられた黒板のメニューに目をむけて、アヤさんを呼んだ。

「あの一番下のピノ・ノワール、ボトルでください」

八種類ほどある銘柄の中で最も高価なものを指して言った。

「なに、ボトルなんて開けちゃって。何かいいことあったの？」

からかうように笑いながら慣れた手つきでコルクを引き抜き、ワインをグラスにそそいでいく。

「よかったら、アヤさんもどうぞ」

アヤさんは、意外といった感じで少しだけ目を瞠ると、もうひとつのグラスにワインをそそぎ、いただきますと嬉しそうに微笑し、口をつけた。

「何か調子よさそうじゃない。お仕事うまくいってるの？」

曖昧に言葉を濁したが、そう言われて嫌な気にはならない。

グラスを持って、ゆっくりかたむけた。鼻腔に華やかな香りが開く。ほんのわずかに土っぽさを残す渋味がつづき、少し遅れて程よい痺れが四肢を優しくつつんだ。

「それって、前に勧めてくれたお仕事？」

アヤさんが興味深そうに僕を見ている。前にウルトリアを勧めたときも、頭ごなしに否定することなく、丁寧にこちらの話を聞いてくれた。

話すつもりなどなかったが、一度口を開くともう止まらなかった。

ビジネスがようやく軌道に乗ってきたこと。最初は全くうまくいかず周囲からもなかなか理解が得られなかったこと。諦めず地道につづけたことが結果にむすびついたにちがいないこと……。

「だからなのね……素晴らしいわ。本当にそう、やっぱり真面目にこつこつやらなきゃ駄目なのよ。どこにもないんだから、楽な道なんて」

アヤさんの声には、どこか自分に言い聞かせるような穏やかな響きがふくまれていた。これまでの労苦が深いところで理解された気がし、覚えず口角が持ち上がってくる。相づちを打ち、酒を呑んで気恥ずかしさを誤魔化した。

「バブルのときにね、私の知り合いにいたの、ひとり。たぶん、夢見ちゃったのね。会社の仕事そっちのけで株にのめりこんじゃって、ものすごい借金つくって人生台無しにしちゃったのよ、まだ若かったのに。家族もばらばらになったみたいで、悲惨だったわ」

淡々とした口ぶりだったが、割り切れない情のようなものが語尾にからまっていた。

「あの時代はさあ――」

バブルという言葉に反応したらしい。隣に座る五十年輩の男が話に割って入ってきた。よほど懐かしいのか、男は乱れた呂律で当時の思い出を恋々と語っている。

ワインを呑みつつ、男の話に耳をかたむける。次第に飽いて関心が失われ、意識がこの場から離れると、真新しい記憶が頭の中を侵しはじめた。

改札を出て、この店にむかっているときだった。

駅からのびる舗装路を歩いていると、ふと眼の前を通り過ぎた顔が何か引っかかり、二、三歩歩いてから足を止めて振り返った。

すでに辺りは暗い。往来の人波を照らす街灯の青白い光だけが頼りだったが、むこうも立ち止まってこちらを見ているのがわかった。

「竹田？」

数メートル先の影が驚きをふくんだ声で言う。

やはり見間違いではなかった。ダークスーツ姿の井野さんが、小型のボストンバッグほどにふくらんだ黒いナイロンバッグを手にさげて立っている。

挨拶も忘れ、こんなところで何をしているのかと訊ねると、

「仕事だよ、仕事」

と、井野さんはきまりの悪そうな表情を浮かべた。

九州に飛ばされた井野さんの退職を知ったのは、つい先日のことになる。人員整理以降、人事部からは散発的に社内通知が回っていて、その中の退職者一覧に井野さんの名前がひっそりと記されているのを見つけたが、退職後、井野さんがどうしているかについては、どこからも聞こえてこなかった。

「こっちに戻ってこられたんですね」

訊けば、東京の会社で運良く営業の仕事が見つかったのだと、井野さんは溜め息をついて小さく笑った。

短い立ち話だけでは何となく別れがたい思いがし、近くのカフェに井野さんを誘った。

「まだ仕事あるから、ちょっとだけな」

以前のような陽気さで応じてくれたが、店までの道すがら井野さんの口数は少なかった。

カウンターの列にならび、珈琲を二つ注文する。トレイに載ったカップを受け取って、奥の喫煙室にむかった。

ガラスで仕切られた喫煙室に入ると、井野さんは壁際の席で疲れたようにシートに身をあずけていた。ドアが開いたことにも気づかず、どこか遠くを見る表情で静かに紫煙を吐き出している。

「いくら？」

テーブルにカップを置くと井野さんが鞄から財布を取り出そうとした。

「いいですよ」

こちらから誘っただけに、最初から支払うつもりでいた。今は、たかだか数百円の出費を惜しむような懐事情でもない。

「いいよ、払うよ」

小さな声だが、頑(かたく)なな響きだった。

思い上がりを指摘された気がし、落ち着かなくなる。一杯分の代金をつたえ、きっかりその分だけの硬貨を受け取った。

あらためて明るいところで井野さんを見ると、この一年を物語るようにやつれて映った。脂ぎった額には見覚えのない皺が走り、小さな目からはいつだってそこにあった勢いが失われ、側頭部に残る頭髪にはかなり白髪が増えている。

気まずい空気が流れ、時折、珈琲をすする音だけがひびく。相手は黙って煙草を吸うばかりで、何となく口を開くのがはばかられた。

井野さんは短くなった煙草を灰皿の上でもみ消すと、右の掌を開いて見せてきた。

「重いんだよ、鞄。カタログとか資料とか辞書みたいに分厚いし、色々持ち歩かなきゃいけないから」

中指と薬指の付け根付近に皮が破れた痕があり、一部は白く盛り上がってマメになっていた。

「外回りって、大変なんだな。こんなだって知らなかった」

そうこぼし、自嘲気味に小さく笑った。

どのような顔をして反応すべきかわからずにいると、井野さんはこれまでの経緯をぽつりぽつりと話しはじめた。

九州の工場ではろくに仕事も与えられず、ひたすら倉庫の在庫整理などの単純作業を強いられ、挙げ句、退職をせまる人事面談がつづいた。そうした状況に耐えきれず、ついに会社を去る決断をしたが、東京に戻ってからの職探しは予想以上に難航した。能力や技術といった条件以前に四十を超えた年齢が引っかかるのか、書類選考の段階でほとんどふるい落とされてしまう。それでも古い知人を頼り、どうにかオフィス機器販売の会社で営業職を得た……。

「とにかくさ、ノルマが滅茶苦茶なんだよ。売れないと給料でないし。参っちゃうね」

井野さんは新しい煙草に火をつけ、卑下するようにおどけて顔を崩した。

おそらくは、営業が未経験だから、だけではないのだろう。不器用で、人見知りの激しい井野さんに、とてもその「滅茶苦茶」なノルマがこなせるとは思えなかった。社内で厳しい立場に置かれているにちがいない姿が、容易に想像された。

「でも、井野さんがこっちに戻ってきて、家族の方はほっとされたんじゃないんですか」

放っておけばどこまでも空気が沈みかねない話の流れを、いくらかでも明るい方へ差し向けたかった。

「そうね……家族ね」

無関心な語勢でつぶやき、深く煙草の煙を吸い込んだまま、隣のテーブルに眼をやって口をつぐんだ。間を置いて、鼻からゆっくりと煙が吐き出される。

重く、長い沈黙が流れた気がした。

何か話さなければと頭をめぐらしていると、不意に井野さんが歯を食いしばり、束の間、泣き笑いの表情に変わった、ように見えた。

「……別れたよ」

乱れた響きのない、抑えた声だった。

「嫁さん、逃げちゃった」

井野さんはどこか照れくさそうに口元をゆがめた。

東京に戻り、ようやく再就職先が決まった矢先、離婚を切り出されたという。単身赴任中にすでに妻の意志は固まっていて、話し合いの余地もないまま離婚届に判を押すと、妻は二人の子供を連れて出て行ってしまった。井野さんは親権を放棄し、埼玉にある一戸建ての自宅は、住宅ローンの支払いが困難となったため売却することにしたらしい。

「まあ、ひとりの時間増えたし、気楽になったけどな」

他人事のようにも、自身に言い聞かせているようにもとれる。

「……そうなんですね」

気の利いた言葉を何ひとつ返せないまま、僕は視線を落とした。

床に置かれた井野さんの真新しい大きな鞄の取っ手に、眼が留まった。かつて子供から贈られたというキーホルダーが、この鞄にも未練がましく括(くく)りつけられている。

カップに手をのばした際に盗み見ると、井野さんはぎこちない笑いを顔に残したまま、うつむきがちに灰皿を凝視している。手にした煙草をガラスの灰皿の上で転がし、灰の形を整えていた。

紙に巻かれた葉が、朱の光をともないながらわずかずつ燃える。白い煙がわだかまり、ゆっくりと立ちのぼってゆく。

「井野さんが、九州に行ったあとの話になるんですけど」

気づけば、口を開いていた。

「実は、前に友達に誘われたネットワークビジネス、あれ、今やってるんです。もうはじめて一年ぐらいになるんですけど」

鞄から一枚の紙片を取り出し、テーブルの上にひろげた。

先月の預金通帳を複写したものだった。引き落とされた電気やガスの料金、会社から振り込まれた給与などとならんで、ウルトリアの収入として七十万円あまりの金額が記載され、そこだけ黄色い蛍光ペンが引かれている。

「最初は全然ダメだったんですよ、でも、ちょっとここ見てください。最近になってようやく結果が出てきたんです」

井野さんの表情から引きつった笑みが消えた。瞬(まばた)きもせず、紙上の一点に見入っている。

「これは先月の一ヶ月分なんですけど、毎月、同じくらい入ってきます」

「……こんなに？」

「そうです。極端に言ってしまえば寝ててもお金が入ってくる、不労所得なんです。権利収入ですから。一度歯車が回りさえすれば、経済的自由も時間的自由も手に入る。ノルマに追い回されることもないし、誰かに振り回されることもありません」

井野さんは紙片を見つめたまま、微動もしない。

「もし……もしよかったら井野さんも一緒にやりませんか。元手はほとんどかからないし、僕でも、できたんです」

紙片にむいていた顔が、緩慢な動きで持ち上がる。視線がぶつかった。動揺の色がにじむその眼に、かすかながら好奇の光が差している……。

「顔が怖いわよ」

我に返って声の方を見ると、カウンターの中のアヤさんが、ボトルを手にして笑っていた。

僕は明るい表情をつくって、空いたグラスをアヤさんに差し出した。ルビー色に透いた液体が、球状のグラスを勢いよく滑り落ちてゆく。

会社に戻るという井野さんとはカフェの前で別れたが、去り際に井野さんの洩らした言葉が今になって引っかかってくる。

──お前のこと、信じてるからな。

グラスを取り上げ、少しだけワインを口にふくんだ。依然として空席のないカウンターでは、自分が去ったあともつづくはずの談笑が湧いている。

翌週、昼前に会社を早退して、新宿までやってきた。

南口からのびるコンコースは、買い物客や界隈のオフィスワーカーと思しき多くの人であふれていた。頻繁にビル風が舞って、歩行者の髪やジャケットの裾をひるがえしている。健康的な陽光が路上に充満し、梅雨入り前の清々しい涼気が肌に触れて心地いい。足を止め、時計を確認すると、約束の時間にはまだ早かった。コンコース沿いにあるカフェに入り、マグカップを手にカウンターの席に腰を下ろした。

「メーカーなんか全然でしょ、自動車とかは別かもしんないけど。やっぱ年収だと一千万ぐらいはいきたいじゃん」

就職活動中なのだろう。カウンターのならびで、リクルートスーツを着た二人組の男子大学生が、大きな声で話し込んでいる。

「あーあ、マスコミどっか通んないかな。テレビか広告」

「エントリー段階で足切りでしょ、俺らの大学だと。先輩で入った人いるけど、相当エグいらしいよ、プライベート全くないって。深夜にいきなり飲み会呼び出されたり、渋谷のスクランブル交差点裸でうさぎ跳びさせられたり、あと新入社員は上司のために毎週合コン組まなきゃいけないらしい」

「うわ、絶対それ無理だわ俺」

「な。やっぱ現実ちゃんと見た方がいいって」

どこか切迫さを欠いた彼らのぼやきがだらだらとつづく。時折、うわついた笑いが店内のざわめきを押しのけてひびいていた。

鞄からスマートフォンをとりだし、イヤホンをさしこんで、耳につけた。流れ出た音楽が周囲のざわめきを遠ざけてくれる。

カウンターに頬杖をつき、ガラスのむこうに映る人の流れを見つめた。

近くのオフィスに戻るところなのかもしれない。二人組の若い女性が買ったばかりの珈琲の紙コップと長財布だけを手にして、コンコースを歩いていく。ゆるく波打った髪は太陽光を浴びて茶色に艶めき、生地の薄いスカートの裾と呼応するように揺れる。その後ろ姿を見ているだけで、軽やかな声がここまでとどいてきそうだった。

どれくらいそうしていただろう。腕時計を見ると、約束の時間がせまっている。すっかり冷めた珈琲を慌てて飲み干し、腰をあげた。

コンコースに面した高層ビルに入り、ガラス張りのエレベーターで階上のホテルのロビー階まで昇る。

視点が高まるにつれ、百貨店の背後に隠れる新宿御苑の緑が、徐々にその姿を大きくしていく。前回訪れたときのポストカードの夜景を切り抜いたような光景とは異なり、立錐の余地もないほどにびっしりと建物がしきつめられた灰色の街並みが、緑を取り巻いてどこまでもひろがっている。

エレベーターを降り、ホテルのロビーに設えられたソファに座って、相手を待った。しばらくすると、エレベーターホールの方から、ゆったりと歩いてくる金村良子の姿が見えた。厚みのある体を淡青色のツーピースでつつみ、大きな胸や臀部ははちきれそうなほど生地が張っている。化粧や身につけているものが洗練されていることもあって、人目を引いた。

ソファから立ち上がって迎えると、すぐにこちらに気づいた。

肉付きのいい両頰を引き上げ、縁なしの眼鏡におさまった切れ長の瞳に、思わせぶりな光を浮かべている。

「お寿司でいいかしら」

金村は身を寄せてきて、自然な手つきで僕の腕をとった。

階下の寿司屋にむかう途中、何人かホテルの客とすれちがい、思わず体がこわばる。

自分たちの関係は傍目にはどう映っているのだろう。いまだに慣れることができないでいた。

暖簾をくぐり、金村とならんで付け台の前に腰掛ける。客のまばらな店内に山葵の香りがほのかに漂っている。

「お飲み物はいかがいたしましょう」

和装の仲居が順番におしぼりを渡してくれる。

「どうしよっかな、やっぱり呑んじゃおうかしら。私はビールを。竹田さんは？」

金村がおしぼりを使いながら、上目遣いで僕を見ている。

同じものを、と仲居につたえると、金村が嬉しそうに肩をすり寄せてきた。

間もなくビールが運ばれてきて、

「じゃあ、私たちの未来に乾杯」

と、金村がはしゃいでグラスを合わせてきた。

彼女の食欲はこの日もすこぶる旺盛で、次々とグラスが空き、追加の肴が付け台にならぶ。機嫌を損ねぬよう金村の饒舌な語りに相づちを打っているうち、やがて勧められるままに冷酒に移っていた。

「他に何か召し上がったら。何でもお好きなものを」

頬を赤く染めた金村が言った。

「……いえ、僕はもう結構です」

刺身ばかりとはいえ、すでにかなりの量を平らげている。

金村はさらにトロやウニの握りを追加で注文すると、静かに箸を置いた。

「控えめなのね」

「私は、今まで欲しいものは全部手に入れてきた」

組んだ手に軽く顎を載せ、前を見つめたまま金村が言う。本人は普通に話しているつもりらしいが、その響きには、何かに激しく反発するような力みがふくまれていた。

「シャネルのスーツでもクロコのバーキンでも広尾のペントハウスでも、それから、ピチピチした若い男でも。欲しいと思ったら、手に入れないと気が済まないの」

スーツの薄い生地につつまれた太腿に、大きなダイヤのリングをはめた指が這ってくる。爪を立てるように肉をつかんで少しずつ力をこめてきた。

反射的にその手を振り払いそうになり、ふと、石黒リーダーの言葉がよみがえった。

――我々は、言ってみればホストなんですよ。この業界って結局、八割が女性ですから。単純ですけど、相手に喜んでもらえることって大事なんです。

まだビジネスが全くうまくいっていないときの、金村と引き合わされる前日のことだった。石黒リーダーに、ウルトリア本社近くにある例の喫茶店に呼ばれた。

「ちょっとご紹介したい人がいるんです」

まるっきり子会員をつくれないこちらの状況を見かねてか、それ以前にも何人か紹介を受けていたが、わざわざ事前に呼び出されるようなことはなかった。

石黒リーダーは、金村がどういう人物であるかについては一切触れず、おもむろに自身の鼻や目元を手で撫でた。

「これ、整形なんですよ。昔ですけど」

驚いて、石黒リーダーの顔に不躾な視線を送った。

「これも地毛じゃないんです」

豊かな髪を慎重にかきあげる。

同年輩よりもはるかに若く映り、容姿も整って見えていたが、そのような事情が隠されているとは思いもしない。

「でも、こういうのって大事なんですよ、やっぱり」

予期せぬ告白に戸惑うだけで、そのときは石黒リーダーが何をつたえようとしているのかほとんど理解できなかった。だがそれも、金村と会ってすぐに知れることとなった。

お猪口を手にした金村が、ねっとりとした眼で僕を見ている。ゆっくりと太腿をさする左手が、次第に脚の付け根にむかって這い上がってくる。無理に笑顔を見せて、相手のするがままにさせた。

冷酒を二合空けたところで、そろそろ行きましょうか、と金村が切り出した。

「今日はあなたのために、縄もってきてあげたの。赤くて、本格的なやつ」

言ってることがわからない。

「縛るの得意なの、私」

金村の意図するところに理解がおよんだ瞬間、狼狽(ろうばい)して声が出そうになった。

「何、嬉しくないの」

表情がこわばる。

慌てて謝ると、金村は耳元に口を近づけ、低い声でじらすように言った。

「すみませんじゃなくて……申し訳ございません、だろ」

アルコールの匂いと饐(す)えた口臭が混じりあって鼻をつく。その眼には挑発的な光が揺れていた。

すがる思いで視線を付け台のむこうに走らせてみる。寿司を握る無言の職人が視界に映るだけで、状況が変わるはずもなかった。

「……も、申し訳、ございません」

赤く塗られた唇の端がつりあがり、金村の顔に愉悦の色がひろがった。


雨のつづく季節を迎えた。歩道に様々な色の傘を散らした街の空気は、じっとりと重みを増している。午前中の新幹線に乗り込み、この日も勧誘のため仙台にむかった。

窓枠に肘を置き、ぼうっと外をながめた。窓に張りついた雨滴の群れが、競うように斜めに落ちていく。

金村を中心とした子会員の勧誘による会員数の爆発的な伸びは、ここにきて梅雨の湿気をふくんだように鈍りはじめていた。子会員からの紹介もほとんどなくなり、毎週のウルトリアのセミナーには、新規の参加者が数名しかいない。退会するメンバーや定期購入をやめるメンバーも続出している。グループ全体としての売り上げは減り、自分の月収も四十万円前後にまで落ち込んでいた。

駅のホームに降り立つと、仙台もまた雨模様だった。

広々としたコンコースのむこうにのびる目抜き通りは、若葉を生い茂らせたケヤキの緑で埋まり、雨に白くけぶっている。

折り畳み傘をひろげ、濡れたタイル貼りのコンコースを踏む。待ち合わせのカフェを目指した。

中学時代の同級生が時間をつくってくれることになっている。半年前にも勧誘したことがあり、そのときは断られてしまったが、どうしても見てもらいたいものがあるからと、相手が嫌がるのもかえりみず約束をとりつけた。通帳に刻まれたウルトリアの振込額を見せさえすれば、翻意させるのもそう難しいことではないと思えた。

傘をひっきりなしに叩く、ややこもりがちな雨音が頭上で鳴っている。

その音にまじって、どこか聞き慣れた声が耳にとどいた。気になって顔をむけると、少し離れた場所でタケシが街頭演説をしていた。周囲には濡れそぼった幟（のぼり）が幾本も立ちならび、青いTシャツ姿で統一された学生スタッフらが、大きな声をあげながら腰を折って、道行く人にビニールに入ったチラシのようなものを配っている。

降りしきる雨のせいか、タケシの話を聞いている人は見当たらない。どんな天候でも、どれほど時間がなくとも、たとえ誰からも反応がもらえなくとも、活動の進捗状況を記した刊行物の全戸投函と辻立ちはやり抜いていると、以前にタケシが話していたのが思い出される。

――本気でやりきらないと誰にも何もつたわらないから。

早足で僕はその場を離れた。熱のこもったタケシの声が雨の中に埋もれてゆく。

約束した時間にはかなり早かったが、カフェに入った。

広い店内に待ち合わせ相手の姿はまだない。奥の席に腰掛け、読みかけだったカーネギーの文庫本を開いて待つことにした。

活字を眼で追っているうち、いつの間にか周囲の雑音が消え、カーネギーの語りにいざなわれるように自己啓発の世界に意識が浸りきっていた。時計を見ると、約束の時間をだいぶ過ぎている。もしかしたら、場所か時間に行き違いがあったのかもしれない。

鞄からスマートフォンを取り出し、同級生に連絡を入れようとしたとき、入り口のドアが開いた。店に入ってきた人影を見て、思わず身をよじって顔を隠した。

タケシだった。

どうしてここにいるのだろう。先ほどまで周りにいた学生スタッフの姿は見えず、ひとりらしい。誰かと待ち合わせか、それとも、街頭演説のあとにたまたま立ち寄っただけなのか。大通りから外れているとはいえ、店は駅から徒歩圏内にあり、百席近い座席がならぶ空間は比較的ゆったりとして利用はしやすい。

タケシがテイクアウトをせず、店で憩うのであれば、隙を見て外に出ようと思った。面談の場所は先方に連絡を入れて変更してしまえばいい。

顔を見られないようようつむいた状態のまま店内に眼をむけたそのとき、正面に、カップを手にしたタケシが立っていた。穏やかな表情で見下ろしている。

唖然としたまま身じろぎもできない。

「座ってもいい？」

返事を待つことなく、むかいの席に腰を下ろした。

動揺する僕を尻目に、タケシは待ち合わせをしている同級生の名を出し、彼の代わりに来たのだと言った。

テーブルに視線を落とす。事態がすぐに呑み込めず、思考が止まる。

口をつぐんでいると、タケシが切り出した。

「まだ、やってんの？」

単に事実を確認するような言い方だった。

「地元で噂になってる。ユウキが目の色変えてマルチにはまってるって」

去年の秋に仙台でサッカーをしたときも、こちらの動向に気づいている節があった。今日まで曖昧にしてきたが、もはや隠し通すことは難しいのかもしれない。

顔を上げ、苦笑しながら言った。

「いや、マルチって言っちゃうと胡散臭く聞こえるんだけど、それはマスコミが勝手にレッテル貼りして印象操作してるだけで、ウルトリアっていうちゃんとした世界的な大会社の会員だから、実際は。正確にはマルチレベルマーケティングって言って、ネットワークビジネスとも言うんだけど、ハーバードとか、アメリカのＭＢＡなんかでもマーケティング手法としてカリキュラムに組み込まれてるぐらいでさ。芸能人もみんな会員になってる。全然違法性なんかないし、ちゃんとしたビジネスだから」

平静に話したつもりが、早口になり、ひどく声がうわずっている。

「じゃ、何でね、他の奴にはして、俺には勧誘してこないの。普通の公務員じゃないから副業できるよ俺。どっかに後ろめたい気持ちがあるからだろ、言えないってのは。だから、ずっと黙ってたんじゃないの？」

言葉に詰まり、手元のカップを見つめた。

視界の端に映る義手のフックから、雨滴が時間をかけてテーブルにすべり落ちてゆく。険しい視線が感じられ、相手の顔を見ることができない。そのまま、互いに口を開かなかった。

テーブルの下で足踏みを試みるも、いつもほどには時間が早く流れてくれない。耐えがたいほどに空気が重苦しかった。

近くの席の三人組の女子高校生が、手に持ったスマートフォンを互いにのぞきながら、甲高い声をあげている。弾けた笑い声が高まり、とりとめもない音となって耳にとどいてくる。

「ユウキ、騙されてるよ」

唐突にタケシがつぶやいた。まっすぐな眼がむけられている。

「違っ、何言ってんだよ。そんなことないから。この前なんて七十万だよ、七十万。騙されてたらそんな金入ってくるわけないじゃん」

身を乗り出してまくしたてた。一方的な決めつけに、これまでの一切を否定された気がした。

「そりゃ、市議会の先生には敵(かな)わないかもしれないよ、すごいよ議員なんて。けど、普通にビジネスやって、汗水流してがんばって、月に七十万なんてすごいだろうがよ」

執拗に挑発してくる金村の顔が脳裏に見え隠れし、サディスティックな嘲笑がどこからか聞こえてくる。

「すごいよ。でも、やっぱりおかしいって」

「どこがっ」

　冷静に返したはずが、口にだしたときには怒声になっていた。他の者から発せられたのであればどうにでもやり過ごせそうな言葉が、いたずらに胸底を掻き回してくる。

「多分、わかってるんだろうけど、みんな、ユウキとはもう会わないって言ってる。友達から縁切られるって……それって普通じゃないよ」

　喉元が苦しくなるのを感じながら、テーブルに伏せた文庫本を見つめた。

　検討してみるよと愛想良く言っていた友人たちの顔が、たちまち冷笑したそれに移ろい、虚しく眼の前をかすめていった。

「あいつらなんかに……わかるはずないから」

　三人組の女子高生が会話を止め、僕らのテーブルを気にしている。鞄を肩にかけ、それぞれ違う色の傘と空いたカップを手にして腰をうかした。彼女らのささやくような話し声が遠ざかっていく。

　文庫本のへりに親指を当て、意味もなくページをめくっていると、

「これは、俺なんかが言うことじゃないかもしれないけど、でも、あえて言わせてもらう」

　と、タケシがためらいを振り切るように切り出した。

「ユウキのお母さんも、昔マルチやってたらしい。当時、噂になってたって、うちの親

から聞いた。それ、知っててやってんの?」

ページをめくる手が止まる。

タケシは慎重に言葉を選びながらつづけた。昔、近所の知人に誘われて母がネットワークビジネスをはじめたこと。やがて活動にのめりこみ、大きな借金を作ってしまったこと。それがきっかけで父と母の関係が、ぎくしゃくしてしまったらしいこと……。

何ひとつ知らず、ひとり悦に入って勧誘する自身の顔が眼にうかぶ。誰にぶつけることもできない怒気が行き場を失い、冷えた苛立ちに変わってゆく。知らぬうちに、頰の筋肉がこわばるほど奥歯を嚙み締めていた。

「マルチなんてもうやめろって、頼むから」

タケシの声はあっさりとしていたが、どことなく情に訴えかける言い方だった。それが何故か哀れんでいるように聞こえてくる。

文庫本を乱暴に鞄に投げ入れると、抑えた声で返した。

「他に……何かある? 言いたいこと」

虚をつかれたタケシが言いよどむ。

「ないなら行くわ」

言い残し、席を立った。

出口にむかうと、往来に面したガラスのむこうに、傘をさして左右に行き過ぎる人影が見える。かすかに店内にとどく雨声を聞きつつ、底に雨水の溜まったビニール袋から、冷たく湿った折り畳み傘を引き抜いた。

カフェでのタケシの言葉を裏付けるように、仙台の友人や知人とは会えなくなるどころか、連絡すらとれなくなった。

活動の範囲を首都圏に戻して、今日も業務の合間に電話をかけつづけたが、誰からも面会の約束をとりつけることができず、気づけば酒場を目指していた。

混雑した店に入ると、忙しく立ち働くアヤさんを呼びよせ、夕食代わりの魚介のパスタとビールを頼んだ。少し疲れているのかもしれない。カウンターに下ろした腰がいつになく重く感じられる。

肘をついてぼんやり酒を呑んでいるうち、近くから聞こえてくる女性の会話が、次第に耳から離れなくなってきた。

「アタシたちぐらいだったら、もう使いはじめた方がいいよ。あとからやっても手遅れって言うし、四十超えたら一気にくるって」

先ほどまで神妙そうに結婚や恋人について話していたはずが、美容品に話題が移っている。

大手国内メーカーの商品で、セミナーの中でブルークラウンが幾度か取り上げていたものだった。原価は数パーセントと不当に低く設定され、価格のほとんどが広告・宣伝費、商品のパッケージ代、中間流通費や販売管理費で占められているという。加えて、原料には有効成分どころか、人体にとって有害な成分まで多分にふくまれていると説明されていた。

「プラセンタのサプリもすっごくいいよ」

「えっでも、プラセンタって胎盤のことなんでしょ。なんかやっぱちょっと気持ち悪いかも」

手に持ったグラスをカウンターに戻した際に、こっそり横目をむける。斜向いの席で二人の女性が話し込んでいるのが見えた。

三十代前半に見える二人の、グラスを持つ指先の爪は、透明感のある淡色で塗られ、形よく整えられている。明るめの色の髪は毛先がゆるく巻かれていて、そこからのぞく横顔も、控えめだが細部まで丁寧に化粧がされていた。

「大丈夫だってば、全然。病院でもやってるぐらいだし。二ヶ月以上経つけど、すっごい肌の調子いいもん」

二人は軽やかな声で、気ままに話を進めていく。その誤解に満ちた知識がどうにもこちらを落ち着かなくさせた。

じりじりとした思いで彼女たちの話を聞いていたが、無意識のうちに二人の誤解をとく自身の姿を妄想し、そして、間違っても口を挟んではならない、と自分に言い聞かせたときには話しはじめていた。

「プラセンタのサプリもそうですけど、そのメーカーが出してる製品は安全性に問題があるってよく耳にしますよ」

二人は話を中断し、怪訝そうな顔をこちらにむけた。

まずは不安を取り除かなければならず、巷間にあふれている美容品の有害性や効能の疑義について解説していく。

「そもそも老化の仕組みって、ひとつは細胞のコピー障害なんですよ。毎日、我々の体って五千億っていう細胞分裂を繰り返している、つまり細胞のコピーをつくってるんですけど、その設計図が遺伝子なんですよね――」

最初こそ笑みを口元につくっていた二人は、途中からうつむきがちになり、互いに眼配せしながら曖昧な相づちを繰り返している。

ウルトリアを紹介し、その製品の優位点を説いてみても、一向に興味を示そうとしない彼女らの反応がもどかしかった。

「すごいのがあるんです、ちょっと待ってください」

鞄からハンディタイプの美顔器を取り出すと、手前に座るベージュのワンピースを着た女性に渡した。昨年末に日本で発売されたウルトリアの新製品で、先行販売されたアメリカで大きな反響を呼んだことが会員の間でも話題になっていた。

「フランスの、それも超一流の研究機関と共同で開発したものなんですけど、これ、本当に誇張なしにすごいです」

女性は、珍しいものを見るように手の中の美顔器をながめている。

「このジェルちょっと塗ってから、試してみてください。サーチュイン遺伝子に働きかけるんで、本当に実感できますから」

弁当の醤油差しほどの容器のキャップを外し、無色透明でやや粘度のある液体を、二人の手の甲にそれぞれ数滴ずつたらす。カウンター越しに手をのばして美顔器の電源を入れると、音もなく緑色の微光が点灯した。

「どうです、わかります、この感じ」

二人は戸惑いながらも、使用感を確かめるように交互に美顔器を手の甲になすりつけている。

「すごくないですか、使う前と全然ちがいますよね」

無意識に声が大きくなる。

客の何人かがこちらに顔をむけているのが、視界の隅に映った。

「すごいですよね、これ。ハリウッドのキャリー・ハサウェイもジェニファー・トメイも愛用してるんですよ。やばくないですか」

さらに言い募ろうとしたときだった。

「あのちょっと、ごめんなさい」

突如、カウンターのむこうから鋭い声があがった。

布巾でグラスを磨いていたアヤさんが手を止め、僕を見ている。その表情に、いつものやわらかな線はない。

「とても言いにくいんだけど……そういうこと、うちでやってもらったら困るんです。皆さんそれぞれの時間を楽しんでらっしゃいますから」

思いもよらぬ咎(とが)めに、体がかたまった。

何年にもわたって店に通いつづけていることで、知らず知らずのうちに店主の好意を当てにしているようなところが全くないとは言わない。それでも、アヤさんに限っては数少ない理解者だと思っていただけに、頑なに拒絶する態度が受け入れがたかった。

「別に、ちょっとぐらいいいじゃないですか。こっちはお二人のためを思ってやってるんですから。ねっ、そうですよね」

声を荒らげて二人の方を見ると、いつの間にかうんざりした表情になってカウンターに眼を落としている。

「何をおっしゃいます。お困りになってるじゃないですか、お二方とも」

険のある、しかしどこか哀しげな声が、静まった店内にひびく。

言い訳がましい文句が頭をよぎるだけで、アヤさんを見つめたきり、何も言い返すことができなかった。

タケシと仙台のカフェで衝突してからか、あるいは、もっと前からか。ずっとこの調子だった。きっかけさえあれば、いや、仮になくとも無理矢理に口実を作り出し、見ず知らずの人に見境なく声をかけ、ウルトリアの商品を勧める。勧誘は執拗を極め、相手に対する配慮をことごとく欠いた強引なものとなっていた。

店内の会話が絶え、フォークが皿に当たる音や、厨房の奥でひびく油のはじけるかすかな音だけが聞こえている。白けた空気がようやく肌をつたい、体全体をつつんでもたれかかってくる。

頭では逆効果だとわかっていた。にもかかわらず衝動は抑えようもなく、一度勧誘をはじめるとすぐに周囲が見えなくなり、行き着くところまで突き進んでしまう。自分が正しいことを示したかった。誰もが納得せざるを得ない結果をつかみとり、自分に否をつきつけてきた全ての者を見返したかった。

「お代は結構ですから、どうぞお引き取りください」

アヤさんは厳しい表情を崩そうとしない。

見渡すと、他の客も非難がましい視線をむけていた。暴発しそうな言葉を口の中でどうにかとどめ、カウンターに転がった美顔器とジェルを鞄にしまい、黙って席を立った。

アヤさんに見限られたことが、思いのほか、自身の深いところにまで影響をおよぼしていたらしい。翌朝、出社しても、普段はさして気にならない瑣末なことが、やたらと神経に引っかかってきた。

「じゃ、お願いな」

課長代理は机上のモニターを見つめたまま言った。

残業についてはいまだ全社的に禁じられているが、暗に自宅で資料を仕上げることを要求されていた。

「明日の朝までなんかできませんよ、そんなの」

憤然として、言い返した。

課長代理の目元がわずかに動いたように見え、椅子の背にもたれてこちらをむいた。

「何、あれ、ねずみ講で忙しいの？」

背後から誰かの忍び笑いが聞こえてくる。

ウルトリアの活動について陰で噂されているのは何となく感じていたが、直接指摘されたことはこれまで一度もなかった。

「ねずみ講なんかじゃないですよ」

控えめに否定したつもりが、声が震えている。

「チューチュー怒んなよ、マルチだっけ？」

課長代理が冷笑をうかべる。

「ちがいますよっ」

「ごめん、何だっけ。マルチーズ？」

フロアに嘲笑が湧いた。隣の部署の人間も笑いを噛み殺しながら、音を立てずに手を叩いている。

相手にしてはならないと自分をいましめたが、抑えきれなかった。

「ふざけんなよっ、てめえら」

啖呵（たんか）を切ると、勢いのまま自席に戻り、引き出しに入れてあった辞表をつかんだ。白い封筒に、〝退職願〟と表書きされた、いささか力強い自分の字が眼に入る。

いつか自宅でこの書類をひそかにしたためたときは、やがて提出した際に得られるだろう清々しさを思い描いたものだった。今は清々しさどころか、いかようにも消化することのできない荒（すさ）んだ激情が胸にわだかまっている。

課長代理のもとに引き返して辞表を渡す。

「辞めます」

怒鳴りそうになるのを耐え、ことさら事務的な口調で言った。視界が狭まり、布団蒸しにでもされたように息苦しい。

相手は驚いた様子も見せず、面倒臭そうに、しかしどこか興味深そうに封筒の中をあらためている。

踵を返し、その場を離れた。鞄を取り上げると、胸裡で暴れ狂うものをなだめすかしながら、フロアの出口にむかった。

課長代理が、わざとらしい口調で退職願の文面をゆっくりと読み上げている。周囲の無遠慮な失笑が、課長代理の浮薄な声といびつに共鳴し、こわばったこちらの背中に密着してきた。


梅雨が明けると、車内に吊られた広告に風鈴の水彩や涼の文字が躍り、座席に座る乗客の中には浴衣姿の人も眼につくようになった。

空調のきいた電車とは対照的に、駅の構内は暑気がよどんでいる。ひどく蒸し暑い。改札を出てすぐのジューススタンドで、ちょっとした行列ができていた。次々と現れる客が冷たいフルーツジュースを買い求め、何人かはその場で汗を流しながら飲んでいる。

売店の前で立ち止まろうとしかけて、財布の中身を思い起こす。そのまま通り過ぎ、構内を出てウルトリアの本社ビルにむかった。

あっけなく会社に退職願が受理されたことで、これまで毎月黙っていても振り込まれていた給与は途絶えた。生活の全てを委ねることになったウルトリアの月々の収入は、盛夏の日差しに焼かれる水のごとく目減りし、三十万円を割り込んでいる。今更後悔しても遅かった。

歩いているうち、辞表を叩きつけたことが執拗に頭をよぎる。今更後悔しても遅かった。足を止めて上着を脱ぎ、ビルや街路樹の日陰を選んで先を急いだ。

汗を拭いながらセミナールームに入ると、すぐにいつもとは違う空気を感じた。

メンバーの女性陣に挨拶をしても、何となくよそよそしい。普段であれば、息子ほど歳の離れた自分に対し、気軽に声をかけてくれ、そのままビジネスの悩みから家人に対する愚痴にいたるまで終わりのない話を聞かされる。それがこの日はなかった。

所在なくセミナーの準備をしていると、

「ユウちゃん……ちょっといい？」

と、入り口でシュンが手招きしていた。

近寄ると、険しい表情のまますぐには話さず、場所を変えようと僕をうながして先を歩いた。

一階のロビーに行き、ソファにむかいあって腰を下ろすと、すぐにでも用件を訊き出したいのをこらえて、言葉を待った。

どこか落ち着きのないシュンが、いかにも言いづらそうに口を開いた。

「あのさ……金村さんのことなんだけど。ユウちゃん、金村さんと……付き合ってるの？」

心臓が音を立てて大きく動いた。

「……いや。何で、そんないきなり」

一笑に付そうとしたが、うまく笑えない。空調は十分すぎるほどきいているというのに、汗で濡れた下着が肌に張りついてくる。

「俺は別にどっちだっていいんだけど、ユウちゃんが金村さんとホテルに行ってるってみんな話してる。腕組んで歩いてるとこ見たって」

セミナールームでの違和感の正体が理解できた。

金村とホテルで逢う際は、なるべく周囲に気を配るようにしていたが、酒の入った彼女の大胆な行動の前では、単なる気休めにしか過ぎなかったのか。知らぬうちに、誰かに見られていたのかもしれない。

「何かの見間違いだろそんなの。何で……俺が金村さんと」

そう返してみたが、声に力がなかった。

石黒リーダーから紹介をうけて以降、毎週のように金村からホテルに呼び出されていたが、本業のチーズ教室やワイン教室が忙しいらしく、ここしばらくは連絡が途絶えている。セミナーにも姿を見せていない。それでも、このように金村との関係が知れてしまえば、たとえ過ぎた話であろうと同じことだった。

すぐにセミナールームに戻り、マイクを持って壇上に立つと、席に座るメンバーが一斉に談笑をやめた。

「えっと、何か僕が金村さんと付き合ってるみたいな噂が流れてるようですけど、そんなのデマですからね、デマ。間違ってもね、そんなの信じないようにしてくださいね――」

おどけて話してみたが、笑うものはいない。スピーカーから流れる自分の声がしらじらしく聞こえた。

「竹田さんって、金村さんのこと好きだったんだあ」

嫌みをふくんだ声が中央付近から飛ぶ。

見ると、古株の女性メンバーだった。昇格した僕の収入が彼女のそれを超えてからは、何かと難癖をつけてくる。

「違いますちがいます、好きじゃないです」

認めるわけにはいかなかった。春先の熱気が失われ、ただでさえ士気の下がったグループに決定的な亀裂が入ってしまう。

「えっでも、竹田さんが金村さんとホテルのロビーでいちゃいちゃしてるとこ見たって、石川さんが言ってますけど。すんごいラブラブで愛人みたいだったって。ねっ、石川さんそうなんでしょ」

不意に話をふられた女性メンバーは、いささか困惑しながらも、否定しようとしない。

「それ僕じゃないです。違いますよ、絶対。別の人です」

焦れば焦るほど、それを認めるような響きを帯びてしまう。冷やかしまじりの嘲笑で室内がざわめきかえっていた。

その後も騒動が収束する気配はなく、冷ややかな視線が、どこに行っても影のように付きまとってきた。

ブルークラウンが他のメンバー同様、露骨な嫌悪を示すようになったのは仕方ないと思えなくもない。ただ、金村を僕に紹介し、困ったときはいつでも相談に乗ってくれていた石黒リーダーさえ、噂がひろまったのを境に、平然と避けはじめたのには少なからず裏切られた思いがした。


カーテンの端が、朝日をうけてまばゆくにじんでいる。考えをめぐらしているうち、結局、前夜は一睡もできなかった。

気温はすでに高い。不快なほど体が汗ばんでいる。パジャマ代わりのシャツと下着を脱ぎ捨て、風呂場に入った。冷たいシャワーを浴びるうち、散乱した思考が少しずつ整理されていく。

どれだけ割り引いて見ても、状況は厳しいものにちがいなかったが、じたばたしても仕方がなかった。すでに退路は断たれている。組織を拡大し、売り上げを伸ばすよりほかない、そう思い定めると少しだけ気が楽になった。

着替えを済ませたあと、軽食をとりながら、いくつかのニュースサイトを端末でチェックしていると、経済のトピックスに〝モリシタエンジニアリング〟という文字がならんでいるのが眼に留まった。ついこの間まで在籍していた会社だった。

記事には、大規模なリストラの実施と売り上げ好調な新製品の台頭によって、今期の業績予想を大幅に上方修正したことが記されていた。文面の末尾は、従業員の賞与についても復活する方針を固めているという記述で結ばれている。

記事を凝視していると、行間から課長代理の嘲りが聞こえてきそうだった。

すぐにそのページを閉じて、惰性のようにいくつかのサイトを閲覧したのち、ウルトリアの会員サイトに接続した。

画面の表示を見て、息を呑んだ。

二百数十の子会員によって作られるピラミッド状の自分のグループ図が、つい先週まで青色に発光していたというのに、ほとんど墨色に沈んでいる。退会を示していた。わずかに残った一系列だけ、青い光がともり、三十数万円あるはずの収入は、四万円にも満たない金額しか表示されていない。

何が起きているのか理解できなかった。

誤表示かと思い、ページを更新してみても、結果は変わらない。頭内が錯綜し、口中に生唾がにじみ出してくる。

椅子から立ち上がり、落ち着きなく部屋をうろついた。

どういうことだろう。これまでもメンバーの退会や定期購入の解約はあったが、いずれも散発的なものだった。これほど一遍に、それも大量に脱会するということはなかったし、周りでも聞いたことがない。唯一、メンバーの引き抜きや買収を除いては……。

自然とスマートフォンに手がのびていた。

呼び出し音が鳴る。一回、二回……。端末をにぎる手が汗で濡れる。息を詰め、身動きもせず耳を澄ませた。

六回目の呼び出し音が鳴り終わり、出る気はないのかもしれないと焦りにも似た思いがよぎった直後、その声は聞こえた。

「久しぶりね」

すでに起きていたらしい。明瞭な響きだった。ホテルのベッドや床の上で何度も目にした挑発的な笑みが脳裏をかすめる。

「何、またいじめてほしくなっちゃったの？」

例の小馬鹿にした声で金村が言った。

「ふざけないでくださいよ。退会されたんですか」

抑えきれず、詰る言い方になる。

「そうだったかしら」

金村と最後に逢ったのはいつだったか。一ヶ月以上も前の、渋谷の高層ホテルの……焼き肉を食べて酒を呑んで、それから……。沸騰したように体が熱くなり、叫び声をあげそうになる。

「どうして……。金村さんだけじゃなくて、他のメンバーも退会してるんですけど、これ、どういうことですか」

「あら、そうなの」

悪びれる風もなく返してくる。

「そうなのって……知らないはずないでしょう、ほとんど金村さんの知り合いじゃないですか。何とぼけてんですか」

喉がひりついた。呼吸が浅くなり、立ち尽くしたまま力が抜けてくる。体の揺れを感じ、かたわらのソファに腰を下ろした。冷水を浴びたばかりの体が、ぐっしょりと汗で濡れていた。

「何ていうのかしら、引き抜かれちゃったの、ウルトリアよりももっと条件のいいところに。悪いことしちゃったかしら。でも、ネットワークビジネスの世界じゃ普通のことだってヘッドハンターの方おっしゃってたわよ」

ふと、外の電柱にアブラゼミが止まったのが見えた。間髪をいれず鳴きはじめ、玩具のゼンマイを巻きつづけるような声が、開け放した窓からけたたましく聞こえてくる。

「それに……あなたよりも素直な、新しいペットちゃんも見つけたしね」

金村は不敵に言い残し、電話は切られた。

蝉の鳴き声が、陽光とともに部屋の中に充満している。スマートフォンを握りしめた状態で視線を送りつづけたが、蝉は電柱に張りついたきり、黒い染みと化したまま身じろぎもしなかった。


「知りませんよ、僕だってそんなの」

あまりのしつこさに、つい大きな声が出る。感情を解放した声が天井の高いロビーに茫漠（ぼうばく）と反響していた。

階上のセミナールームにむかう他のグループのメンバーが、こちらに怪訝そうな眼をむけている。彼らと交叉するように、石黒リーダーがうつむきながら足早に出口にむかっていくのが見えた。

「でも竹田さん、金村さんから何か聞いてるんでしょ、ねえっ」

ジャケットの袖をつかんで、ブルークラウンが詰め寄ってくる。彼女のかたわらに立つシュンも、非難がましい表情を崩そうとしない。

金村とはあれから連絡がつかず、むしろ僕の方が事情を知りたいぐらいで、何が話せるわけでもなかった。

弁解しようと開きかけた口を閉ざし、まだ何か言い募ろうとする二人を振り切って、屋外に出た。

熱気がスーツの生地を通して四肢にまといつき、強烈な太陽光が視界一杯にあふれた。目を細めて、視線を下方にむける。街路にならぶ痩せ細ったライラックの枝葉や、一部が腐食した白いガードレールが、濃い影をアスファルトの路面に落としている。

駅にむかって歩くと、近くのコンサートホールで何か催事でもあるのか、私服姿の女子中高生と思しき群れが、通りや交差点を埋めていた。装飾のほどこされた団扇をあおぎながら、ひっきりなしに喋り、意味のない嬌声をあげている。

彼女らの無邪気で野放図な陽気さが、今はやたらとうらやましく思えた。

親会員からの脅しや賺すような非難を待つまでもなく、売り上げをすぐにでも戻さなければならなかった。生活費の心配もある。だが、それと同じくらい、現在のタイトルを失うわけにはいかなかった。保有しているタイトルは、ウルトリアの本社から代理店として認められる節目の資格で、達成条件は厳しい。それを維持するのもまた難しい分、グループ売り上げの還元率や特別ボーナスなどが優遇されるため、下位のタイトルとは雲泥の差があった。このままいけば、遠からず降格するのは眼に見えている。

女子中高生たちを避けるように通りを渡ったところで、後ろから追いかけてきたシュンに呼び止められた。

「ユウちゃん、さっきはごめん」

息を切らしながら腕に手をかけてくる。

僕の直属の親会員にあたるシュンも、今回のグループ崩壊で、引きずられるように収入に小さくない打撃を受けている。だからこそなのかもしれない。先ほどまでの高圧的な態度は、もうそこになかった。

「ユウちゃんさ、悪いんだけど、また金村さんと寝てくれない？」

最初の電話での勧誘と同じ、ひどくへつらった語調だった。黒い隈をぶらさげた眼は落ち着きなく動き、何かに怯えている。

「誰にも言わないからさ、ぜえったい。俺らだけの秘密。もう一度あの人の愛人になってよ、お願いだから。簡単でしょ？」

シュンの身勝手な要求以上に、全ての非がこちらにあるような言い方が苛立ちを募らせた。

「やるかよ、そんなの。お前がやれよっ」

一瞬の怒声が、夏休みを謳歌（おうか）する明るい声の輪にかき消される。

勢いのまま、シュンを無視して駅の方に足をむけた。呼び止める声がわずかに聞こえたが、止まらなかった。

盆が過ぎ、残暑のきびしい日がつづいた。

九月を目前にしたこの日、ターミナル駅前の喫茶店に入ると、奥の席に座り、入り口に眼を配りながら井野さんを待った。

陽はすでに暮れていて、勤めを終えたらしいスーツ姿の人たちが、絶えず店に入っては出ていく。

約束の時間に少し遅れた頃、井野さんはいつものように重そうな鞄をさげて現れ、すぐに僕に気づいて歩み寄ってきた。

「ごめんごめん、ちょっと煙草買ってた」

むかいのシートに腰を下ろした井野さんの顔は、汗にまみれて疲労の色が濃い。先月会ったときよりも陰鬱に映った。

訊けば、コピー機の営業がうまくいっていないらしい。目標は依然として未達のままで、十も年下の上役に連日搾られているのだと洩らした。

「八月なんだし、そんな簡単に売れるわけないんだよ、こんなもん。目標設定も滅茶苦茶だし、自分で売ってみろってんだよ、馬鹿野郎が」

煙草の煙を深く吸い込んで、井野さんがテーブルに険しい視線をむけた。

「大変なのはわかりますけど、ウルトリアの方もがんばりましょうね」

控えめに声をかけてみたが、反応は薄い。入会した頃の意気込みはいささかも感じられなかった。

忙しなく煙草を吸う井野さんに、見込み客のリストを出すよう求めた。

昼間の仕事を理由に、井野さんは一度もセミナーに顔を見せたことがなく、まだひとりとして勧誘に成功してもいない。まともに勧誘したことがあるのかどうかすら疑わしかった。

コップや灰皿を脇にずらし、受け取ったリストをテーブルの上にひろげる。今週は何件電話したかと訊ねると、井野さんは言いにくそうに一件もかけることができなかったと答えた。

いくらリストがあっても、電話をかけなければ何もはじまらない。

「何で電話しなかったんですか」

無感情の眼をむけると、井野さんは口をつぐんだまま、新しい煙草に火をつけている。

コップに手をのばし、水を飲んだ。常態化している胃痛が意識される。怒鳴りそうになるのを抑えこんで、諭すように言った。

「約束したじゃないですか、やるって。僕がやれって言ったわけじゃないですよね。井野さんご自身で決めたんですよね。守りましょうよ、せめてご自身で決めたことぐらいは。成功して、家族とやり直すって約束したじゃないですか」

井野さんは平然と天井を仰ぎ、唇を薄く開いて、ゆっくりと煙を吐き出している。奥歯にひっかかりを感じる。無自覚に噛み締めていることに気づき、鼻で大きく息をした。

いくらかあった貯金が面白いように減りはじめてからは、歯を食いしばるのが癖になり、あるとき、一部が欠けた。唯一の収入源であるウルトリアからの振り込みはほぼ途絶え、生活費や活動経費といったこれまでの支出以外に、タイトルを維持するための売り上げの補塡費用がかなりの額にのぼっている。

「……それどころじゃなかったんだよ」

煩わしそうな言い方だった。

「それどころ……ですか」

嫌な音がし、歯片が削れたのがわかった。

「わかりましたよ、もうやめましょう。馬鹿らしい」

叩きつけるようにテーブルに手をつき、席を立つ。このまま井野さんと対峙しても、時間の無駄だった。

「竹田ごめん、ごめんごめん、俺が悪かった。ごめんって、そんな怒んなよ」

うろたえた井野さんが、とにかく座ってほしいと両手をのばしてくる。

相手を見下ろしたまま、深く呼吸を繰り返してみるが、気持ちは鎮まるどころか、逆に体内の圧力を高めていく。全身の皮膚が破れて、原形をとどめないほどに千切れてしまいそうだった。

「ごめん……じゃねえよ」

怒りのあまり唇が震える。

「何が……ごめんだよ。そんなんだから、いつまでたってもうだつが上がんねえんだろうが。あんたのせいで、このままじゃ家族が可哀想だよ」

幼い頃の記憶が脳裏に映し出され、無音のまま粉々になってゆく。

「俺が子供だったらあんたのこと恨むよ。会社クビになって、マイホーム手放して、家族バラバラにして、売れもしないコピー機売り歩いて」

声低く話しているうち、意識が飛び飛びになり、気づけば声を荒らげていた。

「子供には大学に行かせるって夢だけ見せて。えっ、違うか」

周囲のざわめきが止み、静まる。店内に流れる荘厳な交響曲が、それを際立たせていた。

「どっちなんだよ。やんのか、やんねえのか」

いくら罵声を浴びせても、言い足りなかった。

「え、てめえはっきりしろよ」

目一杯に声を張り上げると、ほんのわずかながら胸がすいた、気がする。心なしか呂律がおかしい。どうしてここまで井野さんに怒りをぶつけなければならないのか、もはや自分でもよくわからなかった。

井野さんは、引きつった顔で灰皿を睨んでいた。

会社近くの喫茶店で他愛もない話に大笑いしていた頃のことが、おぼろに脳裏で揺らぎ、遥か昔の出来事のように思えてくる。

「……やります」

他人行儀な声が弱々しくひびく。

何も言えず呆然としていると、井野さんが鞄を持って立ち上がった。無言で目礼し、そのまま店を出て行った。

「あの……お客さま」

中年の男性店員が近づいてきた。名札を見ると、店長と記されている。テーブルの上にひろげられたままのリストを一瞥し、

「誠に恐れ入りますが、当店はそのようなご利用につきましては、お断り申し上げておりますので」

と、慇懃だが機械的な調子で言った。

様々な場所で幾度も投げかけられた台詞(せりふ)が、どうしてか今は清々しく聞こえる。

納得したように薄笑いを浮かべて、店長に頭を下げて詫びる。好奇をふくんだ多くの

視線を満身に受けながら、僕は店をあとにした。


寝返りを打ち、薄く目を開いた。一条の薄日が、リビングの床に今にも消え入りそうな筋をのばしている。

部屋の張りつめた寒気に身が震えた。鉄筋コンクリートのマンションは比較的気密性が高いものの、それでも十二月ともなればかなり冷え込む。

ソファから身を起こし、両腕をつき上げながら体をのばして時計を見ると、すでに十一時を過ぎていた。

床にはゴミが散らかり、赤く染まったガラスのコップと、三リットル詰めの赤ワインの徳用紙パックが足下に転がっている。昨晩も酒を呑んでいるうち、そのまま眠ってしまったらしい。何日も換えていない部屋着に、乾いて赤茶に変色したワインの染みが、だらしなくひろがっていた。

部屋の空気がひどくよどんで感じられ、カビ臭い匂いが漂っている。

リビングの窓を開け放ったのち、湯を沸かそうとポットをコンロにかけたが、いくら試みても点火の規則的な音がするだけで、火はつかなかった。

外気が音もなくなだれこんでくる。窓の方に顔をむけ、そっと目を閉じる。どこか懐かしい植物の匂いが鼻腔をかすめ、弛緩した肉体を刺す冷たさすら、何だか爽やかなものに感じられた。

　窓を閉めて電子レンジで湯を沸かしていると、リビングに転がしていたスマートフォンが音を立てて振動した。

　手にとって見ると、液晶画面にはタケシの名前が表示されていた。このところやたらと電話をかけてくる。

「……うるさい……っつうんだよこいつは」

　口の中でつぶやいてかたわらに放り投げ、マグカップを手にソファに腰を下ろした。クッションの上でくぐもった音がし、やがて端末は動かなくなった。

　湯気の立ちのぼる白湯をそっと口にふくみ、外をながめた。民家の屋根にさえぎられそうなプラタナスがかろうじて望め、黄に染まった葉が散りはじめて梢があらわになっている。

　白湯が冷めかけた頃、玄関のチャイムが鳴った。先日、注文した特売の酒がもうとどいたのかもしれない。ゴミを避けて玄関へ行き、ドアを開けた。

　タケシが立っていた。自ら鳴らしておきながら、虚をつかれたように瞠目している。

「電話ぐらい出ろよ、いるなら」

　かすかな怒気をにじませてタケシが言った。

　ドアノブをつかんだまま動けなくなる。言葉が頭の中をかけ巡るだけで、何ひとつ口をついて出てこなかった。

「会社は？　平日だけど今日」

感情の読めない顔で僕を見ている。

「……有休つかったんだよ」

足下に視線を落とし、自分でも聞き取りづらい掠れた声だと思った。毎晩過飲しつづけた喉が灼けたように痛む。

「いいよ嘘は。聞いたよ、辞めたんだろ？」

有無を言わせぬ言い方だった。

無言でドアを閉めようとすると、タケシが半身になって踏み込み、義手をはめた左腕をドアの隙間に差し入れてきた。金属のこすれあうかたい音がする。力を入れてノブを引いてみても、ドア枠の金属が、肉のないコートの袖に食い込んでいくばかりだった。

諦めて手を離し、リビングに戻った。

ソファに座り、白湯に口をつけていると、玄関の方から靴を脱ぐ音が聞こえてくる。

「ユウキ、鏡見てるか。やばいぞ顔」

タケシがコートを脱ぎながら見下ろしていた。

「……どこがだよ」

顔を撫でた手に突き出た頬骨が当たる。

ふと、静かになった。顔を上げると、背をむけたタケシが、リビングと一続きになった四畳半の寝室を見つめていた。

「……何これ」

ひどく当惑した声だった。

寝室には、足の踏み場もないほど、段ボールの小箱がうずたかく積み上がっている。売る当てもなく買い込んだままどうにもならなくなった、ウルトリアの在庫だった。

タケシが手近な小箱をとってあらためている。

「まだやってんのかよ」

相手の声音は、どこか労（いたわ）りをふくんでいた。

その言葉に委ねれば、全てが楽になるような気がする。そうしたかった。素直になるべきだった。

「……今いいとこなんだよ」

マグカップに口をつけ、窓に眼をやった。まばらに残ったプラタナスの葉が、なぶるような風をうけて揺れている。

「もういい加減にしろって」

緊迫した声を出すタケシを無視し、マグカップを手にしたまま交互に足踏みを試みた。右、左、右……フローリングの床が裸足に冷たい。左、右、左、右……なるべくゆっくり、一刻も早くこの時間が終わるように。

「いつまで夢見てんだよ、そんな痩せこけて」

夢などこれっぽっちも見てはいなかった。放っておけばすぐにも消えてしまいそうな現実を、必死に追いかけているだけだった。

「わかんないから……タケシには」

「わかるかよ、こんなの。人に後ろ指さされるビジネスなんて、わかってたまるかよ」

タケシが手に持った小箱を乱暴に床に叩きつけた。箱のつぶれる嫌な音がする。勢いのまま小箱の山を蹴散らし、手当たり次第に踏みつぶしはじめた。

「何してんだよ、馬鹿野郎」

大声を出してつかみかかり、背後から肩をつかんだが、激しく抵抗された。互いの体がぶつかり合い、足下の小箱がいくつもひしゃげる。押さえようとしても振りほどかれ、こちらに眼もくれずに踏みつぶしている。胸が引き裂かれるような音。

暴れるタケシの体にしがみつくと、意図せず左の上腕に手がかかり、強い力でつかんでいた。親指ほどの太さしかないものの、金属のしっかりした硬質な感触がスーツの布越しに伝わってくる。はじめてまともに触れた。怖くなって手を離した。

「こんなものよっ」

タケシが小箱を拾いあげ、思い切り投げつけてくる。咄嗟（とっさ）に構えたが、防ぎきれず額の辺りに強く当たった。

　逆上してタケシの胸ぐらを両手でつかむ。思い切り体重をかけると、タケシがバランスを崩し、二人とも箱の上に横倒しになった。無言の荒い呼吸がひびき、床を叩く鈍い音が鳴る。タケシを足蹴にしてどうにか離れて立ち上がると、ハーネスの外れた義手が床に転がっていた。

　起き上がったタケシが右手で義手を拾い上げ、歯を剝き出しにして殴りかかってきた。細い金属の支柱が左腕に当たり、痛覚とは別種の衝撃が胸奥深くにつたう。もう一度、叩かれた。金属のきしむ音がし、今にも壊れてしまいそうだった。

「それで殴んな」

　右腕で殴り返そうとしたが、もぬけの殻となってぶらぶらと垂れ下がる左袖を見て、思いとどまった。止むなく肩の辺りを突き飛ばすと、タケシは後ろによろめいた。

　それでも体勢を立て直し、言葉になりきらない何事かを洩らしながら体を左右に振り、執拗に義手で殴ってくる。腰が入っておらず、闇雲に腕を振っているだけで、大した力など加わっているはずもない。だというのに、素手で殴られるよりもずっと重く、体の芯にまでひびく。

　反撃を試みようとしたが、何故か力が入らず、振り上げた腕をだらりと下ろしてしまった。

動物の唸り声にも似た激しい息づかいが、室内に重なり合っている。

タケシは、申し訳程度にもう一度僕の腕を義手でそっと叩くと、散らかった小箱を足で払いのけ、疲れ果てたように床に腰を下ろした。

僕はその場に立ち尽くし、肩で息をしながら、焦点の定まらない眼で小箱の海をじっと見つめていた。

どれくらいそうしていたか。時間の感覚が失われていた。

見ると、タケシがどこかに電話をかけている。

「もう先に中に入ってます。ええ、います。隣に」

しばらくして、廊下の方から足音が近づいてくる。ひとりではなかった。玄関のドアが開く音がし、妹の声が聞こえてきた。

おもむろに振り向く。

人影があり、妹とその背後に母が立っている。二つの懐かしい顔が視界に入った途端、かろうじて自分を保っていたものがどっと音を立てて崩れた。

四

階段をのぼりきると、大量の光が視界にあふれ出し、思わず目を細めた。右手の壁に天井高く張られたガラスから、西日が差し込んでいる。

黄金色に染まった駅ビルの連絡通路を行くと、外国人観光客と思しき数人が、ガラスの壁の前で三脚を立て、やや下方にむけたカメラのファインダーをのぞき込んでいる。彼らの背後を通り過ぎようとして、足が止まった。

眼下にひろがるスクランブル交差点が暮色につつまれ、夥しい人々が身を寄せあうようにしてすれ違っている。

かたわらの柱に軽く身をもたせ、人波を見つめた。

あの当時のことを、今でもたまに思い起こす。きっかけなどなくとも、時に何でもない日常の意識を割って、過ぎ去った日の残像が見え隠れする。ほんの一年前の出来事だというのに、陰影を欠いたように淡く映じ、その希薄さにいたっては、知らぬうちに他人の記憶を植え付けられたのではと疑いたくなるほどだ。甘い追想はおろか、心を腐らす感情さえともなおうとしない。

この一年、何かにすがりつくような毎日だった。

ウルトリアにはまり込み、どうにも立ち行かなくなった僕は、カードローンでつくった百五十万円あまりの借金を抱えたまま、タケシと家族に委ねる形で退会の手続きをとった。部屋に山積みとなった在庫は専門の業者に引き取ってもらい、合わせて署名のない申し込み用紙の束も処分すると、関係者からの連絡を断つために電話番号も変更した。

　昨年の暮れに自由が丘の部屋を引き払い、仙台の実家に戻ったものの、周囲の眼だけでなく、母との同居にも気詰まりを感じ、春を迎える前に出てきてしまった。ひっそりと東京に舞い戻ってからは、トイレ共同・風呂なしのアパートを借り、短期の仕事でどうにか糊口を凌いできたが、その生活も、先日、正社員登用を前提とした派遣の仕事を得たことで、ようやく脱却できる目処が立った……。

　いつの間にか夕照は弱まり、街の放つ人工的な白光が窓の外にみなぎりはじめている。

「すごいですよね、あんなうじゃうじゃいて」

　突然の声に驚いて横を見ると、手編み風のセーターを着た同年輩の男が、ガラスに手を当てて下方の交差点をながめている。吹き出ものだらけの顔をこちらにむけ、口元に薄笑いをにじませた。

「ちょっと手を貸していただけませんか。ワタシ手相見れるんですよ」

　気色の悪いほどなれなれしい言い方で、男は手を差し出すよう求めてきた。

　思い詰めているつもりはなかったが、傍目には放心していると映ったのかもしれない。

「どうもお困りのようにお見受けします。きっとそうでしょう」

　男の顔から笑いが消え、不躾で何かに執着した眼をうかべている。自分の領域に無断で踏みこまれた気がし、不快に感じられた。

「すみません、急いでるんで」

その場を離れ、改札にむかって流れる群衆に身を埋めた。

新たに働きはじめた派遣先は、主に求人サイトの運営を事業の柱とする新興の企業だった。与えられた仕事は求人広告の営業で、最初の研修期間のうちは、先輩社員に同行して仕事を覚えることになると、派遣先の担当者から説明されていた。

「そろそろ行きましょうか」

自席で研修資料を読み返しているとデスクのむこうから声がかかった。僕よりも少し年長に見える男性の先輩社員が、親しげな表情でつづける。

「今日行く会社なんですけど、昨日と違って初めて訪問するところなので、ちょっと早めに出てメシ食って、それから行きましょう」

先輩とともにオフィスを出て、最寄りの駅から地下鉄に乗った。

「一応調べてはみたんですけど、よくわかんないんですよね」

隣でつり革につかまる先輩が、特に困っている風でもなく洩らす。

これまで取引の実績がないということも手伝って、訪問先の会社がどのような事業を展開しているのか判然としないのだという。適当な言葉が見つからず、曖昧に頷いていたが、先輩は、仕事をくれさえすれば何でも構わないですけどね、と小さく笑った。

目的の駅で電車を降りると、駅の近くで手頃な中華料理屋を見つけ、二人で地下につづく階段を下りた。入り口には手書きの看板が置かれ、五百円均一のメニューがならんでいる。

界隈の勤め人で混雑する店内の一席に腰を落ち着け、お茶を持ってきた店員に、それぞれ注文を告げた。

「そういえば、以前はどんなお仕事を？」

先輩が、運ばれてきた麻婆豆腐をレンゲですくいながら訊いてくる。

僕は眼をそらし、意識して咀嚼を長引かせた。

過去をうがつ問いかけに、いつからこれほど過敏に反応するようになったのだろう。適当にやり過ごせばいいと頭ではわかっているのに、いちいち立ち止まろうとする心の動きが煩わしかった。

「コールセンターです」

味も香りもしないお茶を飲んでから答えた。

仕事の当てもないまま上京したため、当初は手っ取り早くはじめられた集配センターで仕分け作業をしていたが、あまりの過酷な労働環境に音をあげ、すぐにコールセンターの求人を見つけて職を変えた。

「へえ、コールセンターですか、メーカーとかの。お客様相談窓口みたいな。それは、どのくらいやられてたんですか」

希望すれば、長く在籍できそうではあった。それでも、二ヶ月ごとに契約更改を迫られる不安定な身分であることに変わりはない。顔も見えない相手と深夜に言葉を交わし、しばしば理不尽な苦情への対応を迫られることを考えれば、いつまでもつづけられる仕事とは思えなかった。

「……えっと、そんなに長くはないんですけど」

曖昧に濁すと、先輩はそれ以上関心を示そうとはせず、照れくさそうな表情を浮かべて自身のことを話しはじめた。

「実は、私も中途組でして、お恥ずかしいんですけど、前職は成人雑誌の編集をしてました。あっ、ごめんなさいエロ本のことです、コンビニなんかに置いてあるような」

笑って相づちを返そうとしたが、ぎこちないものになった。

まだ知り合って間もないにもかかわらず、自身の過去を明け透けにつたえられる素直な態度と、それを足下で支えているだろう潔白さに、引け目を感じてしまう。

「子供ができると、ちょっと難しかったんですよね。仕事自体はそれなりに面白くて、やりがいもあったんですけど。ほとんど家に帰れなかったですし、それに、やっぱり世間体っていうか、なかなか人には言いづらい仕事だったので。私は平気だったんですけど、家族がね。編集者時代は、奥さんにたくさん叱られてしまいました」

先輩は、ほがらかに表情を崩している。

思わず頷きたくなる共感と、同じくらいの反発がない交ぜになって胸に去来する。相づち代わりの微笑を口の端につくり、やり過ごした。

見るからに忙しそうな店員が無言で現れ、食事の終わった膳をぞんざいに下げていく。そうしないと気が済まないのだろう、先輩はおしぼりを使ってテーブルを熱心に拭きはじめた。

「でも、やっぱり仕事変わってよかったですよ。さっきの話に戻っちゃいますけど」

理由を訊ねるつもりで、僕はコップを置いて相手の顔を見た。

「仕事は前に比べれば単調だし、竹田さんの前で言うのもあれですけど、給料は安いし、この先も、大して上がりそうもないんですけどね。奥さんと子供二人食わせてくので精一杯で、自分の欲しいものなんて、とてもじゃないですけど買えないですし、掃除機ひとつ買い替えるのも躊躇しちゃうぐらいなんで。でも、家の中がなんか明るいんですよ、前よりずっと」

さっぱりした言い方だったが、妙に体の奥深いところまで降りてくる。

「明るい……ですか」

筋違いだと自覚しつつ、自分の現状をわずかながら肯定された気がした。この仕事が決まったあとも消えずに残りつづけていた胸のわだかまりが、空気が抜けたように萎んでゆく。

「何て言ったらいいんですかね、ちょっとうまく説明できないんですけど」

先輩は自身を納得させるように言いながら、テーブルの醬油差しについた汚れをおしぼりでこすり落としている。

「いや、何となくですけど……でも少しわかるような気がします」

醬油差しを拭く手を止め、嬉しそうに頷いて同調してくれた。

中華料理屋をあとにし、そこからほど近い訪問先に歩いてむかった。

間口の狭い目的の雑居ビルに着き、煙草屋の脇を抜けてエントランスホールに入ると、照明のせいか、どことなく陰気で埃(ほこり)っぽい。先輩が、エレベーター脇に掲げられた案内板の前に立ち、ぶつぶつとつぶやきながら訪問先を確認している。

「酒井総合法律事務所じゃなくって……国産ギター工房GLIDE(グライド)でもなくって……四階だから……あっ、ありました。ここですね、株式会社ニューカルマ」

先輩のあとにつづいて、狭いエレベーターに乗り込んだ。

「お待ちしてました。どうぞ、おかけください」

応接室に現れた担当者は五十年輩の男性だった。

小柄でやや額が後退し、白い肌に小さな目が埋め込まれ、顎髭を薄く生やしている。差し出された名刺の〝木村聖人(きむらまさと)〟という氏名の上に、代表取締役社長と冠されているからか、その和やかな風貌とは対照的に、どこか容易には近寄りがたいものを感じた。

落ち着きはらった低声にうながされて、先輩とともに席に腰を下ろす。

「うちで取り組んでるウェルネス事業の方がやっと軌道に乗りはじめたんで、そろそろ、どかっと力入れていかなきゃなあ、なんて思ってるんですよ」

先輩の投げかける質問に、人懐っこい笑みを見せながら木村社長が答えている。

二人のやりとりをノートに書き留めながら、この人はきっと子供が好きなんだろうなと思った。薬指に指輪をしているわけではないが、週末などにショッピングセンターやキャンプ場で家族と過ごす、木村社長の父としての姿が容易に眼にうかぶ。

「そうしますと社長、やはり今後は営業に力をかけていくということでしょうか、もっと人を増やしたり」

手帳にメモをとっていた先輩が顔を上げる。

「いやいや、うちはそんなに人はいらないんですよ、営業については。マルチレベルマーケティングって横文字になっちゃいますけど、それでやらしてもらってるんで」

思わずノートをとる手に力が入り、ペン先の文字が乱れた。顔がこわばり、表情が失われていくのが意識される。

「マルチ……レベル、マーケティングですか」

知らなかったのだろう、先輩は言外に説明を求めていた。

「簡単に言っちゃうと、モノは会員しか買えなくって、で、紹介料と引き換えに会員自身に口コミでモノをひろめてもらうって言ったら、ちょっとはイメージつくかな。普通にモノ売ろうとしたら、営業かかえたり、広告打ったり、店舗かまえたり大変じゃないですか」

偉ぶることなく言い、木村社長が目尻に皺を寄せて笑う。

「なるほど、ですね」

いかにも感心したように先輩は何度も頷いている。

僕は黙々とペンを走らせて、ノートに意識を集めた。

世間話のような商談がつづく。時間がやたらと長く感じられる。時折、儀礼的な笑い声が応接室にひびいた。

やがて時間を気にしはじめた木村社長が話を切り上げるように言った。

「運営サイドの方は一応、採用する予定でいますんで、そちらでちょっと考えさせてください」

次回、具体的に提案することを約束し、商談は終わった。

応接室を出る際、満面に笑い皺を寄せて見送ろうとする木村社長に、先輩が愛想を言いながら、何度も腰を折って頭を下げていた。僕はそれに倣いつつも、最後まで木村社長と眼を合わせることができなかった。

社に戻ってから、先輩の指示にしたがって広告の文面を作成する。作業に没頭していると、あっという間に時間は流れていった。

「竹田さん、今日はもう上がってもいいですよ。私も終わりにしますから」

先輩に勧められて机上の整理をはじめたが、周りを見ると、他の社員の中にも帰宅の準備をはじめている人がいる。

全社で奨励されているという、週に二日の定時帰宅に偽りはないらしい。転職してよかったという先輩の言葉が今になって実感され、わずかながら気持ちが明るくなった。

コンピュータの電源を落として席を立ち、遠慮がちに周囲に挨拶すると、好意的な労(ねぎら)いの声が方々から返ってきた。自然と表情がやわらいでくる。会釈を返し、オフィスをあとにした。

外は、晩秋の冷気がただよっていて、かすかに火照った顔をなでてくる。

駅へと急ぐ帰宅者の群れと歩調を合わせ、足を進めていると、次第に金曜の夜を楽しもうとする繁華街の活気が肌につたわってきた。

いつもならどこか寄り道したい気分になり、後ろ髪を引かれる思いで家路につくのに、この日は、大人しく帰ろうと口の中でつぶやくだけで迷いはあっさりと消えてくれた。

満員の電車に身を埋め、車内広告をながめながら揺られているうち、夕食のことが頭に浮かぶ。買い置きの一袋九十円のインスタントラーメンがいくらか残っているはずで、納豆と卵も小さな冷蔵庫に入っている……ささやかだが、かといって無視できない気がかりが解消されて、窮屈な車内もさほど気にならなくなってくる。とうに見飽きた頭上の路線図に目を移し、始発駅から順に追っていった。

アパートのある最寄り駅に着いたところで、タケシから電話がかかってきた。

「ユウキ、今何してる？」

張りのある声だが、外にいるようで、電話越しの背後が騒々しい。

上京して以降も、タケシからはたまに連絡がくる。用件らしい用件はなく、近況報告や雑談を聞かせてくるのが常だった。

ウルトリアの一件で、タケシに対する態度は微妙に変化していた。顔を合わせるのはおろか、電話に出るのすら気後れがする。それでも、何事もなかったように話しかけてくる相手の心配りをむげにはできなかった。

「何も。家帰るだけだよ。どうしたの、いきなり」

出身大学絡みの政策研究会のために上京しているが、夜に予定していた会食が先方の都合で急遽キャンセルになったのだという。

「これからそっち行っちゃ駄目？」

思いがけない提案に言葉が詰まった。

電話で連絡をとっているとはいえ、一年近く直接顔を合わせていない。臆する気持ちが湧き上がってくる。

「いや……いいけど。何もないよ、部屋狭いし」

嘱託の編集者として都内の編集プロダクションで働きはじめた妹を除けば、今のアパートに他人を入れたことはなかった。

「そんなの気にしないって。久々に酒でも呑もうよ、何か買って行くから」

そこまで言われると断る理由が見つからない。

「駅着いたら連絡するから」

はずんだ声が聞こえ、電話が切れた。

その足で駅に隣接したスーパーに立ち寄り、店内をまわった。水炊き用の牡蠣(かき)や地鶏のもも肉を迷った末にカゴにおさめ、酒の販売コーナーでは廉価な発泡酒に手をのばしかけたが、あとでタケシに半額分を請求すればいいと思い直し、六缶パックのビールをつかんだ。

商品を満載したカゴをレジカウンターに載せると、女性店員がひとつひとつ値段を読み上げながら別のカゴに移していく。

「三千六百四十円になります」

カゴにレジ袋を入れながら、店員が合計金額を告げた。

思っていたよりも高い金額にたじろぎ、慌てて財布の中身を確かめると、二千円しか入っていない。

「すみません、ちょっと待っててもらってもいいですか」

店員に言い残し、近くのコンビニエンスストアに走った。

入り口脇のATMから紙幣を取り出す際、画面に表示された残高に眼が吸い寄せられた。五万円にも満たない。まだ振り込んでいない家賃と、一向に減る気配のない借金が頭をよぎる。画面から視線をそらし、奪い取るように紙幣を抜き取った。

アパートに戻り、ちょうど鍋の下ごしらえが終わったところで、スマートフォンが鳴った。ジャケットを羽織って駅まで迎えに行くと、たくさんの袋を右手にさげたタケシが売店の横に立っていた。

「焼売（シューマイ）とか、寿司とか。デパートの地下入ったらみんな美味しそうだったから。電車混んでて、ちょっとつぶれちゃったけど」

袋を引き取りながら、鍋を用意してあるのにと返すと、それも全部食べようとタケシはおどけて言った。

アパートの方へ足をむけ、互いの近況を交わす。駅前の商店街には駐輪された自転車がつらなり、そこを抜けると、坂道の多い住宅地がつづく。十分ほど歩いて急な坂をのぼりきった先に、二階建ての木造アパートが見えてきた。

「本当に何もないし、狭くて悪いけど」

言い訳がましく念を押して、タケシを部屋の中に通した。

畳敷きの六畳間には、隅にたたまれた布団代わりの寝袋を除けば、小さな冷蔵庫と卓袱台(ちゃぶだい)ぐらいしか目ぼしい家具はない。かつての家財は、自由が丘の部屋を引き払った折にほとんど処分してしまった。

帰郷後に母と過ごした日々が思い出される。

ウルトリアの一件のせいで、何となく母とは話しづらくなったが、そのぎくしゃくとした空気は、長く母の話し相手だった妹が自分と入れ替わるように東京での生活をはじめたことで、一層重いものとなった。陽気な妹のいなくなった家の中では無音が支配し、互いに自然に振る舞おうとすればするほど、何か明るい話題を口にしようとすればするほど、半ば禁忌と化したあの一件をかえって浮き彫りにさせ、ますます隔たりを意識してしまう状態がつづいた。結局どうにも居づらくなり、再び上京することを決めるまでにさほど時間はかからなかった。

家を出る日、いつも以上に熱心に気遣いの言葉をかけてきた母の哀しげな面差しの中に、どこか安堵の色も見えたのを覚えている。

「いいじゃん、すっきりして。禅寺みたいだし」

タケシが卓袱台に右手をついて腰を下ろした。多少の皮肉も、遠慮のない調子で言われると、むしろ救われる思いがする。

水炊きの鍋を火にかけている間、缶ビールを開け、タケシの買ってきた総菜にそれぞれ箸をのばした。

「そうだ、忘れないうちに払うよ。いくら？」

缶ビールを置いて、タケシがかたわらの鞄を引き寄せる。

「いいよ。一応、お客さんなんだから」

思いとは反対に相手を制した。

「いいから、本当に」

もう一度そう言って固辞した。金には困ってないから、という強がりだけはどうにか口にせずに済んだ。

少しの間があったが、タケシは、無言のまま鞄から手を離した。

湯気の立つ水炊きを器によそいながら、新しく決まった求人広告の仕事や職場の良好な雰囲気について話して聞かせた。ほんのりと体にまわりはじめた酔いと、こちらに多くを期待してこないタケシの態度とが、いつしか気を楽にさせていた。

「これからだな、ユウキ」

箸を止めたタケシが安堵の表情をうかべている。

僕は鍋を見つめ、二、三度静かに頷いてみせた。

「そっちは？」

二本目の缶ビールを片手で器用に開けているタケシに眼をむけた。

「まだ誰にも話してないけど、次の市長選考えてる」

「市長選？」

意外な返答に声が大きくなった。

「まだ何も、決まってないけどね。でも、今のままじゃやっぱり限界あるんだよ、何を解決するにしても」

缶をかたむけるタケシの顔から笑いが消え、目にはわずかながら緊張の色がにじんでいる。更なる高みを見据え、なおも困難な戦いに挑もうとしているらしかった。

「次は市長か……」

それきり言葉をつづけることができない。何かを考え込むように相手も黙って酒を呑んでいる。自分がつまずいている間、相手ははるか先を行き、貪欲に未来を切り開こうとしている。もはや追いつく可能性は限りなく小さく、金輪際その後ろ姿さえ眼にできないような気がした。

卓袱台に置かれた鍋が音を立てて煮えたぎり、静まり返った部屋にひびく。鍋の下の裸火をのぞき込み、簡易コンロの火を落とした。

「今気づいたけど、東京タワー見えるじゃん」

唐突に、タケシが明るい声をあげた。缶ビールを握ったまま、窓に顔をむけている。

闇のひろがった窓の外に、建物の影に半ば隠れながらも、にじむようなオレンジ色の光の筋が小さくうかび上がっている。最初にこの部屋を内見したとき、駅からのきつい坂道の連続に気乗りがしなかったが、その光の存在に気づいた途端、ほとんど迷うことなく借りることを決めた。

「……少しだけどね」

他意がないことぐらいわかっているのに、何か自身の恥部を見られた気になってくる。箸をつかみとって、冷たくなった焼売を醤油もつけず口に入れた。

三週間あまりの研修期間が終わると、先輩から顧客を少しずつ引き継ぎながら、ひとりで客先に出向くようになった。職場の環境にもようやく慣れはじめ、自分以外のことにも気を配れるほどの、多少のゆとりも生まれていた。

席に腰を落ち着け、前日に準備していた提案用の資料に眼を通す。この日は、以前に引き継いだニューカルマから出稿依頼を受けて、午後から打ち合わせの予定が入っていた。

資料を鞄にしまう際、先方から住所変更を知らされていたのを思い出し、机上のコンピュータで所在地を確認した。最寄りの駅は同じだが、近くの商業ビルの中にオフィスが移転している。

移転先の地図を印刷し、同僚に外出の旨を告げ、オフィスをあとにした。

最寄りの駅で電車を降り、鞄から地図を取り出して場所を確認する。移転先は、以前とは反対側の、駅の東口にひろがる再開発エリアに位置していた。ビルの正面まで来て、思わず声が洩れた。

前に訪れたのは一階に煙草屋の入っている古びた外観の雑居ビルだったが、目の前には、前庭に緑豊かなビオトープを配した、総ガラス張りの高層ビルがそびえている。中に入り、他のフロアのテナントを確認すると、見聞きしたことのある大企業やその関連会社が名をつらねていた。

ニューカルマの所在階を確かめ、高層階専用のエレベーターホールにむかう。ホールには、若い男女の三人組が降下してくるエレベーターを待っていた。

スーツ姿からしてどこかの勤め人かと思えたが、あどけない表情を見ると就職活動中の学生かもしれない。ただそれにしては、髪形や鞄、全体の色使いがいくらか砕けすぎているようにも映った。

やがて降下してきた無人のエレベーターに、彼らとともに乗り込む。こちらがそうする前に、男のひとりが〝十七階〟のボタンを押した。

三人と視線がぶつからぬよう、現在階を順に示しつづける頭上の表示盤を見つめた。

「なんか私、ようやく体感出てきたんですよ。もう肌なんかプルプルで朝起きたときの感じが全然ちがうんです、ほんと赤ちゃんみたいになって」

嬉々とした調子で女が話している。

どれくらい振りに、体感という言葉を聞いただろう。ウルトリアのセミナーで毎回と言っていいほど耳にし、自分自身、常套句のように使っていた。

「もうですか、それってかなり早い方ですよ。今度の新商品試されました？　もっとすごいですから。あとでサンプルお渡ししますよ」

大仰に反応した男二人が、女を褒めそやしている。

鐘の音に似た電子音が短く鳴り、エレベーターが止まった。

ドアが開き、彼らのあとにつづいて降りると、三人は〝セミナールーム〟と記された案内板の示す通路の方に足を進めていった。彼らの後ろ姿が見えなくなるまで僕はその場から動けなかった。

受付に置かれた電話で来意を告げ、係の女性に応接室に通される。間もなく木村社長がドアのむこうから現れた。

新しいオフィスについて、感嘆したことを率直につたえると、

「手狭になるのはある程度わかってたのよ。本当はもっと前に移ろうと思ってたんだけど。でも、年内にこっち来れてホッとしてる」

と、木村社長は上機嫌に話し、無邪気に笑った。

こちらが若輩で、新人ということも手伝っているのかもしれない。先輩から引き継いで以降は、親しげな物言いで接してくるようになった。

　街を眼下に一望する応接室は、真新しい家具で統一されている。八脚ある椅子はアルミニウムのフレームに黒革が張られ、座り慣れないこともあり、そのしっかりした重厚な感触が妙に落ち着かない気分にさせた。

「ウェルネスの方がすっごくて、ここんところ。応援のスタッフも何人か入れたんだけどさ、追っ付かないのよ、全然」

　業績は拡大の一途をたどり、当初の計画を大幅に上回る勢いで今なお伸びつづけているのだという。それは見方を変えれば、ニューカルマの会員が増加していることを意味するにちがいなかった。

　洗練されたオフィスの背後で、多くの人が甘い幻想につつまれ、日々、眼前の男に搾取されている……そう思うと、たちまち全身が熱を帯びてゆく。

「うちが新しくやってるサプリ、評判いいのよほんと。モノがいいから当然なんだけどさ。バーッて一気に会員さんの間でひろがって。やっぱ口コミってすごいから、一度火ついちゃうと」

　メモをとりながら、感心をよそおって頷いた。意識していないと、表情がこわばりそうになる。

「竹田ちゃん、どうかした？」

木村社長が訝しげな眼で見ている。

「いえ、別に……すみません」

どうにかそう言い、愛想笑いをつくった。

打ち合わせは一時間も経たず終わったが、何時間もそこにいたように感じられ、その倦怠感は妙なしこりとなって、しばらく体に残りつづけた。

その週の土曜日、会社は休みだったが、午後から自宅を出て、電車で都心の複合施設にむかった。

受付を済ませたのち、控え室代わりの会議室で、他のアルバイトとともに担当者から簡単な説明を受けた。

営業の仕事に慣れてきたとはいえ、急に収入が増えるわけでもない。借金を早く返済し、依然として余裕のない生活をいくらかでも楽にするべく、今月から、週末だけ臨時のアルバイトをすることにしたのだ。

指示された持ち場についたときには、すでに陽が落ちていた。暗がりに、白い吐息がほんのりひろがって、消える。

大勢の人が辺りを行き交っていた。高層の商業ビルに面したすぐ先の広場では、およそ十メートルの巨大なクリスマスツリーが夜空にのび、びっしりと星屑をまぶしたような青白い電光できらめいている。

意を決し、腹筋に力をこめた。

「いかがですか」

平時とほとんど大きさの変わらない自分の声が、ざわめいた闇に溶ける。無益な後悔が音もなく頭をおおってゆく。

与えられた業務は、特設酒場の呼び込みだった。酒造メーカーの新商品にかかるキャンペーンの一環で、道行く人に声をかけ、野外ヒーターやスタンディングテーブルのならべられたブースまで誘導する。時給千円。広告営業の仕事に比べれば時給換算で四百円ほど低いが、それでも探した中ではまだましな方だった。

「心まで温まる、おいしいホットウイスキーは、いかがですか。ホッとしますよっ」

繰り返し声をあげていると、喉がひりひりと痛んでくる。一字一句指定された宣伝文句に慣れず、なめらかに口が動いてくれない。

呼びかけに足を止める者も、反応する者もいなかった。

声を出すのに飽きて、腕時計に目をやった。まだはじめてから三十分も経っていない。見なければよかったと思っていると、アルバイトを取り仕切る責任者の男が駆け寄ってきた。

「もっと声張ってもらっていいですか、さっきから全然聞こえないんで」

渋面の責任者は、「全然」の部分をことさらに強調して言った。

「それから表情メッチャクッチャかたいんで、思いっきり笑顔もらっていいですか。お客さん怖がっちゃうんで、そんな景気の悪い顔だと。ニッてしてください、ニッて」

言われたままに口の端を引き上げる。

「そう、もっと歯見せて。もっとニッて」

引きつった顔で、無理矢理に歯列を剝き出しにしてみせた。

責任者はまだ何か言いたそうだったが、そのまま他のアルバイトのもとへ慌ただしく走り去っていった。

寒風が吹きつける。体が震えた。

出がけに寄ったコンビニエンスストアで、使い捨てカイロを買ってこなかったことが悔やまれる。事前にキャンペーン用のジャケットを貸与されていたが、気休め程度の防寒にしかならず、ヒーターの暖気もここまでとどいてこない。呼び込みをしながら、小刻みに足踏みを繰り返す。

目の前の広場を悠然と人々が流れてゆく。遅々として進まない客引きの時間とは裏腹に、絶えず笑い声の聞こえてくる人々の流れは軽やかで、澱みがない。誰もが師走の休日を愉しんでいる。

声を出すのも忘れ、その様子を見つめていた。

たまたまこの日は、自分が我慢を強いられている側なのだ、と思う。誰であれ、歯を食いしばるときぐらいある、そうも思う。寒さと疲労が自分を弱気にさせ、いつもなら独り者にも寛容なはずの都会の雑踏に、一時的な拒否反応を起こしているだけなのだと理解しているつもりでいる。にもかかわらず、刻々とひろがろうとする心の空漠を、僕はどうすることもできなかった。

不意に肩をはたかれた。

振り向くと、

「さっきから全然聞こえてこないけど、ちゃんとやってます？」

と、責任者の男が眉間に皺を寄せている。

「サボらないでちゃんと声出してくださいよ、お願いしますよ仕事なんだから。はい、ニッて。もっとニッて、もっと」

週明け、出社して間もなく、先週の打ち合わせ内容を一部変更したいと木村社長から連絡があった。

幸い双方の予定が空いていたため、その日の午後、資料を携えてニューカルマに赴くことにした。

「ごめんね、何度も来てもらっちゃって。電話で済むことかもしんないけど、やっぱさ、こういうのって何つうの、顔合わせないと何か気持ち悪くってさ」

応接室に現れた木村社長は、相好を崩しながらむかいの椅子に腰掛けた。

営業が客先に出向くのは当然ですと返すと、

「竹田ちゃんどうしたの、その声」

と、笑みの消えた相手が目を剝いている。

たかだか二日とはいえ、何時間も呼び込みをつづけたばかりに喉がすっかりつぶれていた。電話ではどうにかやり過ごせても、直接顔を合わせれば誤魔化しがきかない。

「何なに、風邪でもひいちゃった？」

木村社長が眉をひそめる。

顔を見ることができず、曖昧に首をかしげて言葉を濁した。今朝方、同僚に指摘された時点でマスクのひとつでも買っておくべきだった。

木村社長は立ち上がり、部屋の隅に備え付けられた内線電話をとった。

「ちょっとさ、あれあんだろサンプル。タバマリのサプリのやつ。いくつか持ってきて」

受話器に発せられる声は早口で、どことなくぞんざいに聞こえる。

程なくドアがノックされた。先ほど案内してくれた若い女性スタッフが応接室に入ってくる。小分けに包装されたサンプルを数袋テーブルの上に置くと、頭を下げて部屋を出ていった。

女性スタッフには目もくれず、木村社長が白いラベルの貼られたサンプルに手をのばす。

「これさ、タバマリっていう薬草のエキスが入ってるサプリメントなんだけど、竹田ちゃん、よかったら使ってよ。ヨーロッパのフランクセレクションで最高金賞とってさ、今うちで一番力いれてるやつなの。これ飲んでれば、ばっちり元気になるからさ」

木村社長は穏やかな声で言い、サンプルを差し出した。

反射的に媚びた笑みを浮かべ、卑屈に頭を下げて商品を受け取った。ありがとうございますと礼を言おうとしたが、そのひと言を発することができない。

木村社長はこちらの手中にある商品を指差して、それがどういうものなのか、いかにそれが効果があるのか、どの成分がどのように作用するのか、手振りをまじえながら楽しそうに話しつづけた。

時折、ストライプの効いたスーツの袖がずり上がり、時計がのぞく。深紅の革ベルトにつながれたシャンパンゴールドのケースと文字盤は、気品をまとい、いかにも高価そうだった。ちょっとした車ぐらいは買えるかもしれない。目に触れるたび、神経をいたずらに逆撫でしてくる。

「でさ、もう世界中色んなとこ駆け回って、とにかく足使って。自分で行ったんよ俺、ジジイだってのに。でさでさ、とうとうたどり着いたわけよ、タバマリに。もうさ、見つけたときは、これしかないって思ったね、直感で。あんじゃん？　そういうのって。ピンと来るっていうかさ、呼んでるっていうかさ——」

何度も話してきたことなのかもしれず、饒舌な話し振りは滞るところがない。

形ばかりの相づちを挟みつつ、うつむきがちに口をつぐんでいた。

自然と足が動く。気づけば、テーブルの下で交互に足を踏んでいた。なるべくゆっくり……時間をかけて、リズムを刻むように……。凝視するテーブルの木目が次第に暈けはじめ、相手の声が意味を欠いた雑音へと分解されて空中に散ってゆく。

「もし使ってみてよかったらさ、竹田ちゃんも会員になってね」

木村社長は子供のようなたわいない笑みを浮かべ、冗談とも本気ともつかない語調で言った。

黙っていると、

「……竹田ちゃん？」

と、声音が変わった。

呼びかけから少し遅れて、ゆっくりと顔を上げた。奥歯を噛み締め過ぎたせいで、頬から顎にかけて筋肉が痺れている。

敵意のない笑みを見せなければならなかった。迎合し、素知らぬ顔でやり過ごさなければならなかった。

「そんなの……なりませんよ」

自身のものとは思えぬほど、冷めた掠れ声が応接室にひびく。酷使した喉が痛かった。

一瞬、相手は瞠目し、すぐにその表情から一切のやわらかい線が失せた。口を結び、底なしに暗い眼で僕を見ている。

「人を騙すようなことなんて、これっぽっちもしたくないですよ、僕は。金なんかのために」

言いきってしまうと、何か自分が裁きを下したように感じられた。頭の中が喩えようもなく痺れ、口中に甘酸っぱい唾液があふれる。ぬるま湯を連想させるあたたかなものが胸にゆるくひろがった。

木村社長が小さく頷く。窓に視線をむけて思案するように眼を細めた。やがてこちらに向き直り、

「どうして、うちが騙してると思われるんですか」

と、抑えた声で言った。

居直って訊ねてくる不誠実が、許しがたかった。

「そりゃそうですよ、人騙さないと成り立たないじゃないですか、こんなもの」

サンプルを荒々しくつかんで、テーブルに叩きつける。テーブルの上で大きく跳ね、そのまま床に落ちた。

「マルチレベルマーケティングだろうが、ネットワークビジネスだろうが、ねずみ講だろうが何だろうが。無知な人間集めて、さも実現できそうな夢見させて、二束三文のインチキ商品、法外な値段でふっかけて」

話しているうちに感情が激し、濁った声が震える。

「こんな詐欺まがいのことして、どれだけの人を不幸にしてると思ってるんですか」

抑えがきかない。

「恥ずかしいと思わないのかよ、あんたはっ」

激するあまり、獣の咆哮じみた声になった。

木村社長は黙って聞いていた。動じる様子はなく、怒りはおろか、感情めいたものは微塵も見受けられない。依然として暗い眼で僕を見据えている。

室内の沈黙が重い。

不意に、わざとらしい慇懃さで木村社長が口を開いた。

「何を根拠に、うちの商品がインチキだとおっしゃってるんですか」

根拠などなかった。

あるのは、マルチレベルマーケティングを謳うニューカルマの好調な業績と、賃料が高額にちがいない洗練されたオフィスと、先週、エレベーターで耳にした会員たちの浅薄な会話と、自分のウルトリアでの経験と……それと……それだけで十分だった。

「根拠も何も……ネットワークビジネスの商品なんて、どれもいい加減ですよ。決まってますよ、そんなの」

「違います」

　はっきりと断定され、自身の悪事を咎められた気がした。

「少なくともうちの商品に限って言えば、エビデンスのしっかりしたものしか取り扱ってないです。きちんとした研究機関で開発されたものですから。何ならそのエビデンスをお見せします。もちろん、商品も、ビジネスのシステムも法令を遵守したものです」

　感情を排した物言いに迷うところはない。

「エビデンスがあろうがなかろうが……サプリメントなんて効きませんよ」

「もちろん、そういう方もいらっしゃいます、誰にでも効果のある万能薬ではありませんから。ただ、日本ではまだまだ偏見が根強いですが、欧米では、ゆるやかな効果が期待できるとしてサプリメントの評価自体が見直されはじめています。弊社の商品も、基本的にはそういう位置づけです」

　平然と説明されると、返す言葉が見つからなかった。余儀なく視線をテーブルの上に投げた。

　木村社長が椅子によりかかる気配がする。

「わかってるよ。批判も、問題も」

声がもとの砕けた口調に戻っていた。

「俺長いからさ、業界」

視線を上げる。

「ウチだってそう。会員の中にさ、いい加減なこと言ってる奴がいるってのも知ってる。でもさ、少しずつなんだけど、良くしようとしてんのよ、まずいとこはさ。こう見えて」

衒いのない話し振りに、口をつぐんだまま自然と耳をかたむけていた。

「昔は、そこら辺のしょうもないマットとか布団とかべらぼうな値段で売りつけるってのが当たり前のようにあったけど、今は、会員が無理なく継続的にビジネスができるように、商品なんかも単価の高い耐久消費財じゃなくて、健康食品とか化粧品とか、日用消費財でやるってのがセオリーになってきてたりすんのよ。現にここ十年ぐらい、生活センターの苦情件数も半減してる」

木村社長は、批判の多いマルチレベルマーケティングにこだわるのは、現金商売ゆえのリスクの少なさや、広告や一般流通に依存しない口コミによる販売方法といった、経営上の便益だけではないのだと前置きした上で、静かに言葉を継いだ。

「俺さ……助けたいんよ。困ってる人」

体のいい、ありがちな文句だった。

「高校んとき、両親事故で死んじゃって、バラバラになったんよ、兄弟。親戚んとこに弟と妹預けられて、仲良かったから一緒にいたかったけど、俺、どうもできんかったんよ」

テレビをつければいつだって流れてきそうな、どこにでも転がっている身の上の不幸話だった。

「金もないし、頭悪いからろくな仕事もできんし。そんで、何もできんまま弟、首吊っちゃって。必死で探したんよ、どこにもいねえから。そしたら、山ん中にいてさ……夏だったからすげえ臭くて、腐っちゃってて」

用意された原稿を読み上げるかのような、淡々とした話し振り……だというのに、作り話とは思えぬ深い響きに聞こえてしまう。

「難しいじゃん？　今って」

唐突に微笑みかけてきた。

「無力な人ほど。どんどん国もさ、社会も、余裕がなくなってって、誰も守ってくれんし」

何を指して難しいと言っているのかよく理解できないまま、頷き返していた。自分が無力の側だと思うことに何ら抵抗はなかった。

「年齢、性別、学歴、出自、そんなの一切関係ない」

木村社長はそこで言葉を切り、ゆっくりと、しかし確信めいた口調でつづけた。

「金持ちでなくとも、才能がなくとも、インターネットもパソコンもわからんでも、主婦でもニートでも、俺みたいに高校もろくに出とらん奴でも、誰もが機会の平等のもと、努力した人が努力した分だけ同等に報われる。それって、何てことないことかもしれんけど、でも……素晴らしいことだって、俺は思うんよ」

肌が粟立った。

呪詛をつぶやきながらやり過ごした週末の冷たさがよみがえってくる。自身を前に進めてくれるはずの努力とはどこまでも交わることのない、呼び込みの徒労を思った。家族を助けようとし、逆にその破綻を招いた母の滑稽と無力を思った。体の不自由をものともしないタケシの才覚に抱く、憎悪にも似た自分の嫉妬深さを思った。過去に負った痛手をひた隠しにし、適当なところで折り合おうとする自分の卑小さを腹の底から罵りたかった。

乱れた頭をどうにもできずにいると、木村社長が口を開いた。

「竹田ちゃんも、やってたの？」

事務事項を確認するような訊き方だった。

「ネットワークビジネス」

その指摘に動悸がする。

否定しようとしたが、言葉が思い浮かばない。

「大変……だったっしょ？」

優しく、両肩に手を置かれた気がした。投げやりな言い方が、何故だか身に沁みてくる。

「いや、大変だった」

「……いえ……別に」

胸が詰まった。

木村社長が穏やかな眼でまっすぐこちらを見ている。

辛くなって、窓に視線をむけた。うっすらと青みを帯びた空がひろがっている。澄みきった空気が遠くの方まで、隙間なく緻密に入り組んだ街の輪郭を鮮明にしていた。

「たくさん苦い思いをしてきた。あることないこと言われて、悔しかった。ひとりでずっと耐え忍んできた」

湿り気のない声が頭の中でひびきわたる。これまで経験してきた様々な心情と記憶がほとばしり、巡る。

「でも、何も悪くなかった」

体の中で何かがあふれそうだった。

「何も悪くないんよ、竹田ちゃんは」

清々しいかたまりが体の芯を一閃（いっせん）してつらぬき、爆（は）ぜた。顔にしがみついた緊張がほどけてゆく。

おもむろに顔を戻して、木村社長を見る。どこまでもあどけない笑顔がそこにあった。森閑とし、怖いほど安らいだ心地――無数の埃をはらんだゆるやかな気流の、絶えず室内を循環する様がありありと網膜に映じている。全身の神経が末端まで鋭敏になり、これまで眼前を厚くおおっていた霞がたちまち晴れ渡ってゆくようだった。

突如、左腕が疼いた。

細く固いもので叩かれたような、覚えのある感覚……。

定時を少し過ぎている。派遣先のオフィスをあとにして、自宅とは逆方向の地下鉄に乗りこむと、この日もまた巨大な繁華街を有するターミナル駅を目指した。勤めを終えた人たちで、車内は体が触れ合うほどにごったがえしていた。ドアに身をもたせ、窓の外の暗がりを見つめた。

ガラスに自分の顔がかすかに映り込んでいる。これほどまでさっぱりとした表情を浮かべたことがかつてあっただろうか。どことなく、木村社長がよく見せる子供っぽい微笑に似ている。

ニューカルマに入会を果たすと、木村社長は、ウルトリアで当然のように繰り返してきた強引な勧誘はしなくていいと言った。

——困ってそうな人とかさ、竹田ちゃんが助けたいと思う人の話、聞いてあげて。それだけでいいから。

その助言に従い、空いた時間を見つけては街を歩くようになった。

冴えない表情で職業安定所から出てくる人、合同転職説明会の会場を所在なさそうにうろつく来場者、就職活動中と思しきスーツ姿の学生、喫茶店やゲームセンターなどで陰気に油を売るサラリーマン、街中を無目的にぶらぶら歩く若者……見かけたら大胆に、しかしさりげなく声をかけた。

大抵は不審な表情を浮かべながら立ち去っていき、人によっては面罵してくることもないではない。傍から見れば、その辛辣さはウルトリアの勧誘で失敗したときとほとんど同じに映るのかもしれない。が、嫌な気はしなかった。むしろ、力になれなくて相手に申し訳ないとさえ思った。

そうして声をかけつづけているうち、何人かにひとり、いや、何十人かにひとり、こちらがうながさなくとも話を聞かせてくれる人に出会っていった……。

窓の外に蛍光灯の光が映り、駅のホームが現れる。目的のターミナル駅は、まだ二つほど先のため、ドアの脇に寄った。

ゆっくりとスピードを落として停車し、ドアが開く。ホームに整列していた乗客が、若干の降車客を待って続々と乗り込んでくる。

押しよせる人波から視線を外し、何とはなしにホームを見ると、ベンチに座るひとりの男に眼が留まった。

二十代半ばか、三十にはおそらくとどいていない。スーツの上にナイロンの黒いコートを着込み、ポケットに両手を突っ込んだまま、やや脚を投げ出すようにしてベンチの背に身をもたせている。ホームのむかい側にも電車が進入してきているというのに、立ち上がる素振りは見られず、力のない視線を虚空にむけていた。

発車を知らせるベルが鳴り、駅員のアナウンスが構内に反響しながら流れる。ドアが閉まる間際、反射的にホームに飛び降りた。

ベンチに近寄り、男の隣に腰を下ろす。

「乗らないんですか」

声をかけると、男はいささか驚いた表情で僕を見た。

大柄な体軀だが、浅黒い顔はどこか自信を欠いて弱々しく、優しげな線がある。よく見れば、ほんの些細(ささい)なことで爆発してしまいそうな、危うい緊張がゆらめいていた。

「電車」

相手の疑問に答えるように言い、ホームを過ぎゆく電車に眼をやった。

男は、ああ、と洩らし、

「ちょっと……今、休んでるんで」

と、煩わしそうに言った。

「どこか、具合でも悪いんですか。もしあれでしたら駅員さん、呼んできますけど」

「いや……そういうんじゃないんですけど」

印象に違わず、素直な答えを返してくる。男の顔をうかがいながら、本当に大丈夫なのかとそっと言葉を重ねた。

「……まあ……」

男は何か言いかけて、しかし口をつぐんでしまった。

男の姿勢を真似てベンチの背に体を預けると、電車を待つ人垣をながめた。眼の前を、ホーム上を移動する乗降客が忙しなく通り過ぎていく。

何かこれといった考えや明確な意図があるわけではなかった。気づけば口を開いていた。

「前に、何してもうまくいかないときがあったんですよ、もうずっと。何やっても、面白いぐらい裏目に出てしまうような」

男がこちらに顔をむけたのがわかった。

「苦しくなって、その状況から一刻も早く脱けだしたくて、普段やらないこと色々試してみるんですけど、駄目なんですよね、そういうときって。もがけばもがくほど深みにはまっていく感じで」

話すうち、いつか見た情景がきれぎれに湧き出てくる。言葉を飾る必要などなかった。脳裏を浮遊する情景に意識を浸すだけでよかった。

「大学の近くに大きな公園があって、卒業後も気晴らしによく行ってたんです。敷地の中にランナー用のコースがあるんですけど、たくさんの人が走ってて、皆、一生懸命走ってて……歯を食いしばって苦しそうにしてるんだけど、それでもなんか充実してるように見えて。こっちには眼もくれず、どんどん走り去っていくんです」

相手に聞かせようという意識は希薄だった。限りなく独白に近い。普段と変わりなく話していながら、自分でも不思議な響きだと思った。

「で、今みたいにベンチに座りながら、つい思っちゃうんですよ、どうしても。弱気になってるんで。自分だけ、俺ひとりだけ、前に進めてねえなって」

隣の男を見た。その眼には、好奇の光とかすかな怯えの色が溶け合うことなくにじんでいる。

「でも、そんなことなかった」

黙って聞いていた男の表情がわずかに動く。

「今になってわかります。ちゃんと前に進んでました。手がかりもなく暗闇をまさぐってたそのときも、這いつくばってるようにしか思えなかったそのときも、ちゃんと前に進んでました」

男が自身を納得させるかのように小さく頷いている。その顔からは、先ほどまであった不審の色が消え、安堵の気色におおわれていた。

それを眼にしていると、清涼な充足感がこみ上げ、繊毛のごとき心の襞にまで染みわたってくる。

肩の力を抜いて微笑を見せると、男は緊張をとき、少しずつ胸の鬱屈を吐き出しはじめた。

大学を卒業して大手の企業に入ったが、自分を見失い、二年で辞めてしまったこと。半年の海外放浪のあとで職を探したが、なかなか思うような仕事が見つからなかったこと。会社を辞めるべきではなかったと後悔している自分に気づいたが、しかしすでに後の祭りだったこと。ようやく採用が決まった零細企業で働きはじめたが、仕事も上司との関係もうまくいってないこと……。

ありふれた話と言ってしまうなら、それまでだった。

世の中をひろく見渡してみれば、戸島と名乗る男のそれは苦悩のうちにも入らない。それでも、本人にとっては直視せざるを得ない現実であることは疑いようもなく、僕自身の境遇とも分かちがたく結びついて、切れ目なく語られる話に覚えず相づちを繰り返していた。

何本の電車がホームに停まり、去っていっただろう。どれだけの人が横切り、どれだけの人がベンチの僕らを気に留めただろう。

風景がすっかりかたまっていた。

「——どうせ僕なんて、こんなもんなんですけどね。自業自得だし」

男が自嘲するように口の端を横に引いた。

「それは違いますよ」

語気に力が入った。

「……え」

「違います。戸島さんは悪くないんです、何ひとつ間違ってなんかないんです」

男の顔から笑みが消えた。

「力、貸してくれませんか」

相手の目を見据えたまま、低い声で言う。

「戸島さんにしか、救えない人がいるんですよ」

轟音とともに電車がホームに滑りこんできた。機械油特有のかすかな臭気が鼻先をかすめる。埃っぽい風が構内に舞い上がり、男の短い前髪が乱れていた。

五

蒼い陰に彩られた風景に眼を奪われているうち、いつの間にかカピオラニパークの外れまで来ていた。

腕時計を見ると、ホテルを出てから四十分近く経過している。事前に配布された日程表では、午前中から予定がぎっしりと埋まっていて、これ以上先に進めば、朝食の時間に間に合わなくなりそうだった。

踵を返し、もと来た道を戻った。

半ズボンのポケットに片手を入れながら、ゆっくりと歩を進め、意識して深い呼吸を繰り返す。湿気の少ない澄みきった空気が鼻腔に満ち、植物の瑞々（みずみず）しい匂いがかすかに意識される。

光は弱く、車の走行音がまばらにひびいている。観光客であふれかえる日中のざわめきは影をひそめ、近くの樹々からしきりに鳥のさえずりが聞こえていた。

南国の開放的な空気に確かに触れていながら、しかし自分がここにいるという実感は薄い。不思議な心地だった。蒼を基調とした夢の中を浮遊しているような感覚が、どこまでもつきまとって離れない。

ハワイのホノルル国際空港に到着したのは、昨日の夕刻だった。

ニューカルマの成績優秀者として、授賞式をかねた三泊五日の慰安旅行に招待されていた。空港からリムジンに乗り、皆とともにワイキキの高級ホテルにチェックインすると、夜はホテル内のレストランでフルコースの晩餐を愉しんだ。その後は、近くのバーに流れて夜更けまで皆と話し込んだが、部屋に戻っても一向に眠気は訪れず、結局寝るのを諦め、まだ夜も明けきらぬうちに散歩に出てきてしまった。

久し振りの海外ということを考えれば、単に睡眠不足のせいだけでなく、時差による体の不調も影響しているのかもしれない。が、それだけでは、この現実感の欠落は説明できそうになかった。

前方の、歩道が分岐するところでバニヤンの巨木が枝葉をひろげ、細いロープに似た根を幾本も枝から垂らしている。

足を止めて幹に近づき、樹影を仰いだ。ニューカルマに入会してからの、ここ何ヶ月かのことが思い起こされてくる。

街で声をかけてまわり、徐々に自分の下に子会員がつらなりはじめると、木村社長に頼まれる形で、多くの人と面談をするようになった。相手は、木村社長が別に経営するコンサルタント会社のセミナー受講者で占められ、若者が多く、来歴は様々だった。野球やサッカーといったスポーツの現役・引退選手、ミュージシャンや芸人、フリーランスのアナウンサー、塾の講師、福祉や介護業界で働く人、公務員試験や国家試験に失敗した人、大学院生やその修了者……。

いずれも何かしらの困難を抱えているのは共通していて、基本的に、することはこれまでと同じだった。話を聞き、そのほとんど全てを肯定し、ニューカルマやネットワークビジネスに対する誤った認識があれば正す。

そうして彼らの中から会員になる者が出はじめ、やがてセミナー講師を任されるほどに傘下のグループが拡大し、派遣の仕事を辞めて活動に専念する頃には、ニューカルマで最も大きなグループを抱えるまでになっていた。

何か自分が特別なことをしたつもりはない。大変な思いをしたわけでもなかった。ただ目の前にいる人の話に耳をかたむけ、正直に向き合いつづけてきたに過ぎない。にもかかわらず、ふと顔を上げると、周りの景色が一変していたのだ……。

辺り一帯に、黄色い陽光がにじみはじめている。公園の樹葉や芝生は明るい緑を取り戻しつつあり、暗く鈍色(にびいろ)に沈んでいた海は、多彩な色調にうつろうコバルトブルーがまばゆく光をはじき返している。

芝生のひろがる公園のベンチの傍(そば)に人の姿があった。

老人が、ゴミ箱の中に手をつっこんでいる。昨日も別の場所で、路上に寝るホームレスを見かけたことを思えば、ここではさほど珍しい光景ではないのかもしれない。かたわらにはショッピングカートが置かれ、何が入っているかわからないビニール袋が山積みとなっている。収穫がなかったのか、老人は何もとらず、ショッピングカートを押しながら歩き去っていった。

かすかな波音が聞こえてくる。僕は、海面に視線をのばしながら、ホテルの方へゆっくりと足を運んだ。

ハワイでの時間は予定通り進んでいった。

授賞式に出席した他のメンバーと尽きない話に耽り、ダイヤモンドヘッドの山頂で果てなき海原を望み、ハナウマベイでシュノーケリングに興じ、マジックアイランドで皆と思い出を写真におさめ、ワイキキの土産物屋を足が棒になるまで巡るうち、穏やかな時間はあっという間に流れ過ぎていく。帰国を明日に控えても、夢心地が醒めることはなかった。

「木村社長にも確認して対応してもらったんですけど、やっぱり大したことじゃなかったみたいです。そんなの気にすることないって」

隣の席に座る小嶋さんが、ワイングラスをかたむけながら言った。いつもの明るい声が、どこか安堵したものに聞こえる。

まだ二十代の彼女は参加者の中では最年少で、大胆に肩を出したガーデンドレスを嫌みなく着こなしている。細かな花柄を散らしたミントグリーンの薄い生地が、栗色のショートヘアによく似合っていた。

「万能ってわけじゃないですからね」

僕はビールを呑み、皿に山盛りになったサラダを口に運んだ。

ディナータイムとあって、ビーチ沿いにあるオープンエアのステーキレストランは、多くの客でにぎわっている。ステージでは、力士のごとく大柄なロコの男性歌手が、ウクレレを爪弾きながら、豊かな声量でハワイの美しい歌を聴かせていた。

「そうなんですよ竹田さん、本当に。サプリとかコスメだけじゃなくって、どれだけちゃんとしたものでも、やっぱり人によって合う合わないって、どうしても出てくるじゃないですか。体質とか肌質とかで」

たとえそれがどれほど否定的なことであったとしても、なるべく前向きにとらえようとする健気(けなげ)さに、頬をゆるめて相づちを打った。

小嶋さんとは、年初に地下鉄の駅で声をかけた戸島さんの紹介で知り合った。当時、大手の保険会社に勤めていた小嶋さんは、自分の進むべき道を見失い、話をしても涙ぐむばかりだったが、その後、会社を辞めてニューカルマに入会すると、順調にグループを大きくし、今では本来の自信を取り戻している。

ウェイターが現れ、分厚い生肉の載った皿をテーブルに置いた。

木村社長がハワイを訪れるたび欠かさず寄るというこの店は、客自らが肉を焼くスタイルをとっている。いかにもリゾートらしく、旅情を掻き立てるのに役立っていた。

焼き方について説明を終えたウェイターが去ると、

「竹田さんどうぞ行ってきてください。私、お肉は食べられないので」

と、小嶋さんが気を遣ってくれた。

彼女に礼を言って席を立ち、皿を持ってビーチに面した焼き場にむかう。格子状の長いグリルが置かれ、赤く熾った炭がはじける音とともに熱気を放っている。何人もの客が横並びになっている中、空いたスペースを探し、皿の肉をグリルに載せると、煙とともに香ばしい匂いが立ちこめた。

肉が焼ける音を聞きながら、ビーチの方に眼を転じた。

ガス式の松明が頭上で燃えさかり、人影のないビーチをほのかに照らしている。その先にひろがっているだろう海は漆黒にぬりつぶされ、波の寄せるかすかな音を絶えずひびかせて、空との境を失くしていた。

「タッケッダッちゃん」

振り返ると、アロハシャツ姿の木村社長が陽気に踊りながら近づいてきた。隣に割って入り、皿の生肉をグリルに移しながら、

「どうよ、ワイハ。竹田ちゃん初めてっしょ、夢の楽園」

と、酒で赤らんだ顔に笑みをうかべ、いつになく調子の良い声をあげる。

滞在中、木村社長と二人きりで話すのはこれがはじめてだった。皆の前では控える砕けた話し方が、特別な扱いを受けている気にさせる。

「いや、もう本当に言うことないです。最高です」

そう答えたあとで、

「でも、何かあまりにもうまくいき過ぎて、ちょっと戸惑ったりもします」

と、遠慮がちに付け加えた。

「いいのいいのっ。何言っちゃってんの、それだけ竹田ちゃんががんばったってことじゃん」

木村社長が嬉しそうな声で言う。

「もっともっと困ってる人助けよ、ねっ。立ち止まっちゃ駄目よ、マジで」

こちらの両肩をつかみ、軽く揺すりながら、顔をのぞき込んでくる。

「はい、わかってます」

これまでどれだけの人を救えただろう。

自分の働きかけに深い感謝を述べてくれた人はいた。ようやく訪れた心の平安に涙を浮かべる人もいた。人が変わったように自信をみなぎらせる人もいた。そして、自分自身、長く抱えていた鬱屈にほとんど煩わされなくなっている……。

傍で呼ぶ声がした。

係の男が肉を指差し、そろそろひっくり返した方がいいと言っている。グリルの上では、煙をあげつづけている肉が縮み、表面に薄赤い液体がにじみ出ていた。

指示にしたがってトングをつかみ、肉を返す。

「俺さ……ちっぽけな夢あってさ」

眼を細めてグリルを見つめる木村社長が声を低めた。

「今よりもっと会社おっきくして、いつか海外でもたくさんの人助けて、そんで……皆でここに暮らせたらって思っとるんよ」

どこかもどかしい響きがふくまれて聞こえた。普段は聞かされることのない真情の吐露に、内心驚いていると、木村社長は静かにつづけた。

「竹田ちゃん、頼むな。他に頼れる人おらんから俺」

耳鳴りではない。頭の中で、羽虫の飛びまわる音がする。相手の横顔を見つめ、無言のまま小さく頷いた。

昼間の喧噪から解き放たれた黒い砂浜が、潮騒とともにゆるやかな海風を運んでくる。頭上にならぶ松明の火が音もなく揺らいでいた。

会計の際になって、テーブル担当のウェイターを呼び、皿に残った料理をつつんでもらえないかと頼んだ。

「部屋で食べるんですか」

小嶋さんが、鞄から化粧ポーチを取り出しながらこちらの皿に眼をむけている。前菜もステーキもかなりの量が手つかずのまま残っていた。

「ちょっと、もったいないですから」

レストランを出て、ホテルのバーにむかう途中、こっそり皆から離れて公園のベンチに足をむけた。

探すと、明け方の散歩で見かけた老人は、ベンチに座っていた。ピンクの蛍光色のハーフパンツに着古したTシャツを着て、薄汚れたキャップを目深にかぶっている。

そっと近づいて、レストランでつつんでもらった袋をベンチの座面に置くと、老人が大儀そうに顔を上げた。

眼が合った。日に焼けた皺だらけの表情は喜んでいるようにも、怒っているようにも見える。何か言っているが、歯がほとんど抜け落ちているせいか、ひどく不明瞭で全く聞き取れない。

差し上げますと手振りでどうにかつたえ、駆け足で皆の後を追った。充足感が体を軽くする。先ほどから頭の中に湧いていた鈍い羽音は、すっかりおさまっていた。


ハワイから戻ったあとも、木村社長の過分な期待に背中を押されるようにして、一層精力的に活動をつづけた。

この日、朝早く自宅を出ると、リムジンバスに乗り、羽田空港にむかった。

小嶋さんの子会員から要請を受け、午後、福岡でセミナーの講師をする予定となっていた。セミナー終了後も、小嶋さんの営業に同席するため、長い一日になりそうだった。

国内線ターミナルに到着し、手荷物検査を済ませたあと、搭乗時刻までまだいくらか余裕があるのを確かめて、ゲートを見通せるベンチに座った。

ロビーのテレビをながめていると、どこかに行っていた小嶋さんが戻ってきた。財布を小脇に挟み、珈琲の紙コップを両手に持っている。

「竹田さんも、よかったらこれ、どうぞ」

隣に腰を下ろし、紙コップのひとつを手渡してくれる。

「すみません、気が利かなかった」

礼を述べ、千円札を手渡そうとしたが、いつもご馳走になっているからと笑うだけで受け取ろうとしなかった。

小嶋さんの上衣に眼がいく。襟元のラペルにプラチナのピンバッジが光っている。先日のハワイの授賞式で木村社長から授与されたものだった。

「わざわざ福岡まで同行してくれるんですから。そんなの全然」

紙コップに口をつけて、彼女が微笑む。

ボードを持った制服姿の女性がまだ姿を見せぬ搭乗客を探しているらしく、名前を呼びながら慌ただしくフロアをかけまわっている。近くのベンチでは、若い母親の腕に抱かれた幼児が駄々をこね、声をあげて泣いていた。

「年齢がどうこうっていうより、この人、障害がなかったら多分こんなふうに騒がれませんよね、ここまで。本当にすごいことだし、もちろん、尊敬はするんですけど」

隣から独り言じみた小嶋さんのつぶやきが聞こえてくる。受け止め方次第では、嫉妬ともとれる響きをかすかにふくんでいた。

「そうかも……しれませんね」

応えはしたが、前方に据えた視線は動かさなかった。

座席の前には大きなモニターが設置され、朝の情報番組が流れている。画面には、幾本ものマイクを差しむけられたタケシの、囲み取材を受けている様子が映されていた。いつかの宣言通り、仙台市の市長選に無党派で立候補したタケシは、大方の予想を裏切り、既存政党の支持・推薦をうけた現職を僅差で退けて当選を果たした。〝史上最年少〟という触れ込みでマスコミは大々的に報じていたが、小嶋さんが指摘する通り、タケシの「左腕」がその勢いを支えているというのも、あながち間違っているとは思えなかった。

画面を凝視したまま、まだいくらか熱い珈琲をすすった。

タケシは、記者から投げかけられる質問のひとつひとつに、丁寧に、しかし熱っぽい口調で対応している。毅然（きぜん）とし、いつになく眼光は鋭く険しい。自分がどう見られているか、批判も好奇も全て承知している目だった。

抑揚をつけるように忙しなく動く右手とは対照的に、左袖からのぞく銀色のフックは下に垂れたまま壊れたように動かない。カメラのフレームは、その鈍く光る義手を外すことなくおさめていた。

ロビーに搭乗を知らせるアナウンスが流れている。

鞄とコートを持ち、

「行きましょう、小嶋さん」

と、彼女をうながして腰をあげた。

福岡でのセミナーは、万事、滞りなく進み、受講者からの盛大な拍手をもって締めくくられた。終了後、熱心な子会員からの質疑にいくつか応対して、会場をあとにした。

小嶋さんと遅い昼食をとってから、通りで流しのタクシーを止め、そこから五分もかからないという待ち合わせのホテルにむかった。

「高校の同級生でしたっけ？　小嶋さんのお友達」

車窓に流れる博多の街をながめながら確認をとる。

「そうですそうです。すっごいしっかりしてるし、それに頭もよくて意識も高いから、絶対向いてると思うんですよ……彼女のためにもなるし……絶対」

自身を納得させるように、小嶋さんが小さくつぶやいている。

時間通りホテルのラウンジに現れた同級生は、手を振る小嶋さんに気づくと、表情をゆるめた。

テーブルを挟んだむかいのソファに、コートと鞄を脇に置いて同級生が腰を下ろす。紺のニットに、グレーのコーデュロイ地のタイトスカートを合わせた装いは全体に落ち着いていて、年齢以上に大人びて見えた。

短い近況報告を交わしてから、小嶋さんが本来の目的である「相談」に水をむけると、彼女は表情をくもらせた。

「なんかこのままじゃいけんとは思うんやけど、でも、じゃあ何するって言うと……わからんくなるし」

細い顎に手を添える同級生は、大学を卒業以来ずっと地元の銀行に勤めているものの、行内での自身のキャリアがある程度見えてきた今、今後の進むべき方向に迷いが生じはじめたのだという。

小嶋さんと似て、人並み以上の上昇志向が言葉の端々からにじみ出ていた。小嶋さんが意気込むのもわかる気がする。

僕は、二人のやりとりを黙って聞いていた。

入会直後の型通りの研修をのぞけば、小嶋さんの面談を眼にするのはこれがはじめてだった。どのように相手の話に耳をかたむけるのだろう。自分がこの場を主導するという段取りも忘れて、彼女が進めるまま流れに任せた。

「未来が無条件に約束される時代って、私はもう終わったと思ってて。何故なら会社も国も前みたいに個人を守ってくれなくなったから」

小嶋さんはためらいのない語調で、口早に熱っぽく語りかけている。上体を乗り出すようにかがめ、大きく見開いた眼は同級生をとらえたまま動かない。

「あのね、未来の確かさが、これまでみたいに他人から与えられるものから自分で獲得していくものに変わっちゃったんだよ、もう今は」

いつか木村社長が僕に聞かせてくれ、それをまた僕が誰かにつたえたくだりが、大胆な改変と追加を経て、今ここで小嶋さんによって繰り返されている。その言葉がまた、彼女自身のものとして完全に定着しているだけに、聞いているこちらを妙な心地にさせた。

「誰かのせいにして、惰性のままに生きていくか。それとも、自分の責任は自分で負い、自らの人生を自らの手で切り開いていく生き方を、とるか。これは私の個人的な意見だけど、アサミは本当に後者を選ぶべきだと思う。その方が合ってる気がするし、それができる。どうするかはアサミの自由なんだけど。でもね、アサミさえよければ、いや、アサミのためにも、私たちの輪に加わってもらいたい。困ってる人を幸せにして、希望に満ちた社会を作るために、力を貸してほしい」

つたえるべき内容の大意はおよそ同じだというのに、何か違和感を覚える。そのつたえ方にしても、相手の話を受け止めて同調するというより、説き伏せているようだった。

一方的にまくしたてる小嶋さんをよそに、同級生の反応はほとんど見られない。

「私もね、アサミと同じ状態だったからすっごくよくわかるんだけど、失敗するのが怖くて挑戦しないって言うなら私はそれ間違ってると思う」

一瞬、それまで神妙そうに頷いていた彼女の顔色に変化が見えた、気がした。

何か言おうとしている同級生をさえぎるように、小嶋さんが熱っぽい言葉をぶつける。

「不満があるのに会社にしがみつくのってやっぱり違うと思うし。ごめんね、本当にこう言ったら失礼なんだけど、そういう生き方ってすごくダサいと思う。自分に嘘ついて生きるのって」

短い沈黙が流れた。

僕は紅茶のカップに手をのばし、二人から視線を外して口をつけた。

どうなのだろう。小嶋さんの、相手を真正面から否定するようなやり方が、互いの信頼関係によって許容される範囲のものなのか、それとも行き過ぎたものなのか、僕には測りかねた。

「言い過ぎ……やないと？」

小さな声だったが、明らかに不快な響きをふくんでいる。同級生が、冷めた眼を小嶋さんにむけていた。

虚をつかれて言葉を失っている小嶋さんに、同級生は激しい口調でつづけた。

「そこまで言われる筋合い、なかて思うっちゃけど。そんな怪しい仕事してお金かせぐんがそんな偉いん？　なんか思い込み激しすぎて、普通に聞きよって気持ち悪いし」

「あっ、それは間違ってて、あのね――」

小嶋さんが苦笑を浮かべながら、反論を加える。

「――怪しいものなんかじゃ全然ないんだ。そんなにアサミが言うんなら、今度、エビデンス見せたっていいし。困らないから私」

状況次第では説得力を持つ小嶋さんの「正論」も、態度を硬化させてしまった同級生の前では、滑稽なほど上滑りしてしまっている。

手遅れと思いつつ、隣をむいてそっと声をかけた。

「小嶋さん」

聞こえていないようだった。

もう一度、今度はいくらか強く呼んだ。

「竹田さんは黙っててください」

険のある声が返ってくる。こちらを見ようともしない。

それでも引き止めた。

「何なんですか。私がアサミを助けるのが悪いって言いたいんですかっ、こんなにアサミのためを思って言ってるのに。竹田さんは助けるなって言うんですか、どっちなんですか」

吹き抜けの天井に小嶋さんの大声がひびきわたる。

長い睫毛に縁取られたその目に、うっすらと光るものがにじんでいる。通りがかった女性の給仕が、それとなく僕らのテーブルに気を配っていた。

「いや、そういうことじゃないですよ。小嶋さん」

平静を装い、言い訳がましい言葉を口にして取り繕っているうち、ふと階段を踏み外したような感覚に襲われる。全身から冷や汗が吹き出し、熱を帯びた肌を濡らした。


小嶋さんとの福岡出張からひと月ほど経った頃、木村社長から連絡があり、食事に誘われた。

隣に座った木村社長は注文を済ませ、

「どう、竹田ちゃん。もう慣れた？　あそこ、いいっしょ」

と、いたずらっぽい表情をむけてくる。

木村社長とは定期的にこうして食事をしており、ニューカルマと同じビル内にあるこの店にも、何度か連れてきてもらったことがあった。

「遠慮なく使っていいからね、社宅みたいなもんだから」

長いカウンターのむこうには鉄板が敷かれ、ひとりのコックが半身に割った伊勢エビを手際よく焼いている。昼時をいくらか過ぎているせいか、年会費が百万円は下らないという会員制の店だからか、少し離れたならびに座る中年の男と若い女をのぞいて他に客はいない。油のはじける細かな音が鉄板の上に湧いていた。

「でも、ちゃんと家賃払わなくていいんですか」

今年から移り住んだ部屋は、相場の十分の一程度しか家賃を負担していない。

「いいのいいの。竹田ちゃん本当がんばってくれてるし、ウチの顔なんだから。そんなの気にしない気にしない」

陽気な笑い声がひっそりとした店内にひびきわたる。

背後で給仕の低い声がし、カウンターにビールがそれぞれ置かれた。

「セミナーの方はどうよ。飛び回ってるらしいじゃん全国」

鼻の下についたビールの泡を木村社長がおしぼりで拭う。

「ええ」

気恥ずかしくなり、グラスに口をつけてごまかした。

ここ何週間かの予定は、とりわけ過密だった気がする。福岡、高崎、広島、横浜、大宮、那覇、金沢、高松、神戸、富山、青森、札幌……メンバーに頼まれれば、どこにでも飛んだ。体は疲れていたが、全身が麻痺したように感じられ、辛いとは思わなかった。

誰かを救うという使命感だけでは説明しきれない、何か物静かな衝動に突き動かされていた。

「竹田ちゃん、もう一杯いこうよ」

ビールの少なくなったグラスを見て、木村社長が言った。

「まだ昼ですよ」

「関係ないってそんなの、何言っちゃってんの。乗ってるときは逆らっちゃ駄目よ。ほら、せっかくいい風つかまえてんだからさ。酒呑んでさ、肉食って、そんで攻めの姿勢を崩さない」

いい風をとらえている。そのような実感は全くなかったが、当人にはなかなか気づきにくいものなのかもしれない。

「それじゃ、もう一杯だけ」

遠慮がちに返すと、相手は嬉しそうに相好を崩し、給仕を呼んでワインを頼んだ。カウンターに鉄板で焼かれたばかりの料理がならびはじめ、仕事の話をしながら箸をのばす。

「まだまだウチがカバーできてないとことか多いのよ。いい加減なさ、人騙して金儲けることしか考えてない業者があちこちのさばってっから。竹田ちゃん行ってさ、みんな助けてあげて」

木村社長が肉を噛み切って箸を置く。その手をワイングラスにのばして、少しだけ口に流し入れた。

「こっちもさ、タバマリの新しいやつ、バンバン出してくから。みんながちゃんと売れるもん。シャンプーとリンスと、それと何か痩せる系。やっぱハゲとデブとシワ、ここ押さえとかないと駄目なのよ。現代人の永遠の悩みだからさ」

饒舌に言って、小さく笑った。ここ最近は、他のメンバーには話さないような突っ込んだことまで聞かせてくれる。

耳をかたむけながら、つい先日も会った小嶋さんの言葉が思い出された。

——ニューカルマの商品って、ちゃんとしたものですよね。

どうして今頃になって彼女がそのようなことを言ってきたかは、訊かなかった。彼女自身、さっぱりとした様子で、何か根拠らしいものを持っている風でもなく、ついでといった感じで声をかけてきた。

「それって、どういう風に開発してるんですか」

ふと気になって、訊いた。

「えっ」

グラスに口をつけようとした木村社長が手を下ろす。予期しない言葉だったらしい。言ったこちらの方が当惑するほどの反応だった。

「いや、どうやって作るのかなって」

これまで商品やその効能については、木村社長の説明や体験談のみならず、自分でも知識を身につけてきた。パンフレットや会員サイトに載せられている製造工程の写真、タバマリの効果が報道された記事の数々、論文から引用された各成分の人体に対する影響……。ただ、実際にどのように企画、商品化されているのかは、眼にしたことがなく、また確かめようもなかった。

「そりゃ、社内で企画したり、外部の業者と協力してやったり、色々よ」

いくらか機嫌を損ねた声が返ってくる。

「色々……ですか」

知りたいのはその内容だった。

「何なに、いきなりどうしたの。もしかして竹田ちゃん、人助けるの飽きちゃった？」

わざとらしくおどけて木村社長がまぜ返そうとする。

「いや、全然そういうわけじゃないんですけど……例えば、その作ってるところとかって見せてもらったりできますか。工場とか、研究所とか」

「別にいいよ」

冷めた言い方だったが、声にふくむところはなかった。

「何なら、今度、タバマリ栽培してるとこ行ってみる？　インドネシアの、ええとスラウェシ島、すっげえ遠いけど」

可能なのだろうか。農場など、写真ですら目にしたことがない。

「もちろん。間にサンコーっつう商社入ってるけど、言えば連れてってくれるよ」

話が具体的になってくる。出鱈目(でたらめ)を言っているとは思えなかった。

「どうしたのよ竹田ちゃん、さっきから。そんな……疑うようなこと言っちゃって」

「いえ、全然そんなことないです……すみません」

慌てて言葉を返し、手にしたグラスを見つめた。

木村社長がまだ何か言いたそうに、僕に視線を据えているのがわかった。

給仕が現れ、空いたグラスにワインをそそいでいく。何が可笑(おか)しいのか、品を作るような女性客の弾けた笑い声が断続的に聞こえてくる。

「お前、会社いんだろ？　ちょっとさ、俺の棚にエビデンス一式あんだろ、すぐ持ってこい。上の鉄板焼きにいるから」

見ると、険しい表情で、ワインを呑みながら木村社長が電話をしている。

程なくして、ニューカルマの男性社員が二人やってきて、両手にかかえた何冊かのファイルをカウンターに置いた。

「竹田ちゃん、これまだ見せてなかったよね？」

木村社長が皿をどかし、ファイルを開く。

中には、たくさんの写真がおさめられていた。周囲に芝を敷いた工場風の白い建物を見上げる木村社長、会議室で原料のようなものを確認する木村社長、機械によって中身が充填されていく見慣れたプラスチック容器、ベルトコンベアにずらりとならぶニューカルマ製品のパッケージ、白い防塵服をまとった作業員による検品作業……パンフレットなどに掲載されているものも一部あったが、そのほとんどははじめて眼にするものだった。

ページを次々とめくる。

研究所の写真がつづいたあとで、農場のようなところで撮られた写真が現れた。周囲の山景や植生から、日本ではなさそうだった。

そのうちの一枚に眼を奪われた。赤土のひろがる大地を背景に開襟シャツ姿の木村社長がしゃがみこんで、カメラに無邪気な笑顔をむけている。両手には、土くれにまみれ、幾本もの髭根を垂らす、生姜(しょうが)にどことなく似た形をしたタバマリがあった。

いつだったか、木村社長がタバマリと出会った経緯とその労苦を得意げに話していたことが鮮やかに思い出される。

「……若いですね」

動揺を抑えるようにつぶやく。

「十年以上も前か……昔だな。まだ髪がフサフサしてるよ」

木村社長は自嘲気味に言ったが、どこか感慨深そうな響きがあった。

「……この、写真は？」

ページの隅におさめられた一枚の写真に気づいた。一連の農場のものとは明らかに背景がちがう。恋人なのだろうか、同じ頃に撮られたらしい木村社長と同じ年頃の中年女性が、料亭風の座敷で睦まじい微笑を浮かべて寄り添い、カメラに視線を送っている。

「ああ、妹。本当はそこに……弟もいたらいいんだけどな」

淡泊な物言いに、相手の心を直にのぞき込んでしまった気がし、余計な指摘を悔いた。

「それとこっち」

木村社長が別のファイルを開いた。

何かの論文らしい。ページをめくってみると、グラフや図を挟みながら、全て英文で書かれている。

「竹田ちゃん、英語読める？　テクニカルタームばっかで難しいし、こんなのつまんないと思うけど」

ちょっとしたものならともかく、大学時代ですらまともに英語の論文に目を通したこともない人間が、このような専門的な文書を読解できるはずもなかった。

この期におよんで読めないとも言えず、わからないままページを繰っていく。無言の時間がつづき、いとわしい汗が背中に流れる。

「竹田ちゃん、大体……わかった？」

その言葉に、助けられた思いがした。

「でも、こういうのってホームページとかに載せたりしないんですか」

「うーん、まあ……色々法律とかの問題もあるんだけど。でも、載せられたとしても、意味ないっしょ、そんな。商品の良し悪しなんて究極、こんな紙ペラじゃなくて、本人の体質とか感じ方次第だからさ。竹田ちゃんだって、これでウチに入ったわけじゃないじゃん」

木村社長が落ち着き払った声で言った。

かすかに芽生えた疑念が急速におとろえ、米粒ほどに小さくなっていく。

「何かすみません、本当に変なことばかり訊いてしまって。もう大丈夫です」

素直に謝り、自然と頭を下げていた。

木村社長が屈託のない笑みを見せて、背中を叩いてくる。

「驚かせないでよ。頼むよ、マジで。これからなんだからさ俺ら。ユニセフとかから表彰されるぐらいにがんばってさ、みんなでさっさとワイハ住も、ワイハ」

「住みましょう。絶対」

返事をすると、思ったよりもしっかりした声が出た。

夕刻、地下鉄の駅を出て、地図で場所を確認しながら、待ち合わせに指定されている出版社に足をむけた。

出迎えてくれた年配の坊主頭の記者に案内され、二階の応接室に入ると、先に到着していたらしいタケシの姿がソファにあった。その後ろでは、カメラマンらしき男が照明機材を準備している。

「よう」

立ち上がったタケシが笑いながら、右手を差し出してきた。当選おめでとうと手を握ると、いつものように強く握り返してくる。

顔を合わせるのは、何もないアパートで鍋を囲んだとき以来だった。ついこの間のことのような気がするのに、もう一年以上も月日が流れている。

簡単な挨拶のあとで、対談の趣旨が記者から簡単に説明された。

事前に知らされていた通り、市長となって依然〝話題の人〟たるタケシの人間像を、最も旧知かつ親しい友人との対話を通して浮き彫りにするものだという。週刊誌上で何年にもわたって連載している名物企画らしく、二人でざっくばらんに話すだけで、あとは記者の方でうまくまとめてくれるとのことだった。

説明を聞き終え、テーブルを挟んでむこうに座るタケシを見た。多少照れくさそうで、それでいてどこか挑むような、期待に満ちた色を眼にうかべている。

記者から対談の打診があったのは二週間ほど前のことだった。突然の話に驚いていると、タケシたっての要望で僕が対談相手に指名されたからと説得された。すでに那覇で行われるセミナーの予定が入っていたが、迷った末に、現地のメンバーに日程の変更を依頼した。

対談がはじまると、タケシは嬉しさを隠しきれない様子で、昔の出来事を思い出すままに話していった。

時折、同意や補足を求めてきたが、こちらからはほとんど話さなかったせいで、対談というよりもタケシが記者に話しかけるような形で進行していく。

小学三年生のときぐらいですかね、同級生からずっと嫌がらせを受けてまして、左手がこんなんだからフックとか船長とかあだ名つけられて、それは今でもたまに思い出すんですけど、いつも彼が何も言わずかばってくれまして、本当にそれは嬉しかったですし、助けられましたね、好きな娘の悩みなんかも彼にだけは打ち明けられましたし、高校も一緒だったんですけど、実家が近いんで毎週のように二人でラーメンとか食べに行ったり、上京後も、互いの下宿先を行き来して酒を呑んだり……ユウキ、あれいつだったっけ、俺が車に轢かれたときあったじゃん。朝方まで二人で呑んでて、で、別れてからすぐ轢かれちゃったんですよ、しかも轢き逃げで、な、ユウキ。全然覚えてないんですけど、頭から血流しながらどうにか彼のアパートに戻って、すぐに救急車呼んでもらって、それで病院まで付き添ってもらって助かりました。ケガも大したことなくて今では本当に笑い話なんですけどね、震災があったときも、当時私はまだシンガポールにいたんですけど、東北のために仙台に戻ろうって決めて、それを最初に知らせたのも彼でしたし、今回の市長選のときも——。

タケシは滔々と話しつづけながらも、僕がウルトリアに関わって会社を辞めてしまったことや、在庫の積み上がった部屋で罵り合い、互いにつかみ合ったことなどについては、当然のように一切触れなかった。

だからといって、都合のいい美談が紡がれているとは思わない。タケシが自身の体裁よりも、僕もふくめた周囲を優先しているのは十分すぎるほど伝わってくる。

二時間近く経過し、記者が対談を締めくくろうとすると、それを半ばさえぎってタケシが口を開いた。

それまでとは違い、どことなく言いづらそうで、しかしその声には懐かしむような響きがあった。

「——もしかしたら、彼にも話したことないかもしれないんですけど、こんなに私が彼にこだわるのも、嫌がらせからかばってくれたってことだけじゃ、ないんです。他にも、そういう人は何人もいましたから……彼だけ、だったんですよね……小学生の私が、政治家になって世直しをするって言ったとき、否定も、馬鹿にもしなかったのは」

はじめて耳にする話だった。

思いがけぬ告白を、僕は黙って聞いていた。

対談後、記者に誘われ、カメラマンをのぞく三人で近くのおでん屋に入った。

「そうだ、いけない」

満足げに対談の総括をしていた記者が、ビールグラスをテーブルに置いて、正面の僕の方に顔をむける。

「竹田さんのお仕事、お伺いするの忘れてました」

記事の中で簡単なプロフィールが必要なのだと申し訳なさそうに言う。

名刺は持参していたが、この日は受け取るだけで誰にも渡していなかった。

「求人広告の仕事ですよ。だよな、ユウキ。何てところだったっけ、会社の名前」

隣に座るタケシが上機嫌な声で代わりに応えた。義手のフックで皿をおさえながら、うすく色づいた大根に箸を入れ、息をふきかけて旨そうに口に運んでいる。

もうそこじゃないんだ、と鞄から名刺を取り出して二人に渡した。

「特別アドバイザー兼ロイヤルクラウンアンバサダーですか。さすが市長の同級生。ちなみに、こちらのニューカルマという会社は、すみません、どういったことをされてらっしゃるんですか」

名刺に眼を落とした記者が、いくらか大仰な口調で訊ねてくる。

「会員制の健康食品や美容品を製造、販売しています。肩書きは何だか偉そうですが、普段はセミナーの講師を務めてまして、そこで商品の宣伝や新規会員の勧誘をしています」

そつのない微笑を浮かべながら、僕は平然と説明した。

記者が芝居がかった調子で感嘆し、普段愛用しているというサプリメントについて自身の取材体験だか受け売りだかを誇らしげに話している。視界の隅で、タケシが手にした名刺を見つめたまま口をつぐんでいた。

記者の話が止み、テーブルが静かになる。

店は混雑し、二、三十ほどの席が客で全て埋まっていた。サラリーマン風の中年もいれば、若い女性ばかりのグループもいる。酒を呑み、笑い、冗談を飛ばし、誰もが愉楽にひたっているようだった。

がんもどきに箸をのばし、ビールに口をつける。

「おでん、美味しいですね」

僕は誰に言うでもなく声に出した。

世辞ではなく、素直にそう思った。そのふっくらとした食感も、噛めば口中にあふれる出汁の風味も、舌に残るビールのほのかな苦みも、ハイブランドのスーツにつつまれた四肢をつたう酔いも、絶えず耳朶をうつまとまりのない周囲のざわめきも、鍋からの湯気でうっすらと暈けた店内の光景も……何ひとつ神経に引っかかってくるものがない。

「ここは割合イケるんですよ、関東風、関西風、名古屋風って出汁が三種類も揃ってて飽きないって言いますか。メニューに値段がないのがちょっとばかし怖いんですけどね」

記者が大袈裟に笑う。

「そう言われてみれば、そうですね」

メニューを手にし、目で笑ってみせた。隣のタケシからは何の反応もない。

グラスをかたむけたついでに、

「旨いな」

と、さりげなく眼をやる。

「……うん」

タケシの横顔は、疑う余地のないほどに引きつっていた。

会食が終わり、おでん屋を出ると、まだ仕事が残っているという記者とはそこで別れた。

手に持ったマフラーを首にかけようとして思いとどまり、鞄にしまう。少し酔いが回っているせいか、そこまで寒さは気にならなかった。

ビル街の路地をタケシと肩をならべて歩く。舗装された暗い路面は、人影が絶えてひっそりとし、街灯や自動販売機の白光が点々と落ちている。互いに無言だった。

大通りまで来て、そこで声をかけた。

「ちょっとウチ寄らない？　こっから近くだから。引っ越したんだよ」

滞在先のホテルに戻る気でいたのだろう。タケシが狼狽えたのが、はっきりとわかった。

「……今から？」

「来てよ。少しでいいから」

相手の顔を見つめながら、強い調子で言った。

明日の午前中は都内の会合に出席し、午後には仙台に戻ると記者に話していたが、どれだけ重要な予定が控えていようと、このまま別れるつもりはなかった。

タケシと視線がぶつかる。

僕は眼をそらさなかった。

何台かの車が通りを走り過ぎてゆく。

「……わかった」

タケシは根負けしたように小さく頷いた。

流しのタクシーを拾い、運転手に目的地を告げると、車は軽やかに動きはじめ、すぐに通りの流れに吸い込まれていった。

車列の赤い尾灯が前方ににじんでつらなり、すれ違う対向車のヘッドライトが道路を黄色に濡らす。ウインカーの規則的なリレー音が狭い車内にひびいていた。

僕らは互いにシートに深く身をあずけ、窓に眼をむけたままひと言も口をきかなかった。暖房はきいているはずなのに、車内の空気は冷たく張りつめている。

やがてマンションの敷地内に入り、車寄せでタクシーは停車した。

支払いを済ませて外に出ると、先に車を降りたタケシが、エントランスの前で立ち尽くしている。

動揺する相手をうながして、五つ星ホテルのロビーさながらの豪壮なエントランスを抜け、無人のエレベーターに乗り込み、〝四十五階〟のボタンを押した。

エレベーターのカゴが上昇し、内臓がにわかに締め付けられる。沈黙で凝りかたまった密室の空気に押しつぶされるようだった。

部屋のドアを解錠してタケシを中に招き入れ、ダイニングテーブルに座るよう勧めた。

台所に立ち、湯を沸かす。見ると、タケシはかたい表情を崩さず、六脚ならんだ椅子のうちのひとつを右手で引いている。

「よかったら飲んでよ、うちでやってる商品。タバマリっていう多年草の根茎をエキスにして、独自にブレンドしてる。他じゃ飲めない」

ハーブティーをそそぎ入れたカップをタケシの前に置き、心持ち小さく映るその姿をしばらく見下ろしてから、自分のカップを持って斜向いに座った。

タケシはカップを無視し、険しい目つきで声を絞り出した。

「また……やってんのかよ」

平静に対峙しているようだったが、表情にはあからさまに混乱の色が浮かんでいる。義手のフックが少し動き、テーブルの上で鈍い音を立てた。

「やってるよ」

「何で……。あんだけ、痛い思いしただろうが」

荒らげた声は、苛立ちを多分にふくんでいた。にもかかわらず、哀しげな響きとして耳にとどいてくる。

カップをテーブルに置き、タケシを見た。

眉間に皺を寄せて睨みつけている。見つめているうち、細くしっかりした義手の感触が生々しく左腕によみがえり、唸るような乱れた息づかいが耳朶にあふれ、床をおおうひしゃげた小箱が目に浮かんでくる。

「今はそうじゃない、見ての通り」

背後に眼をやった。

照明の落とされた三十五畳ほどのリビングには、呑みつくされたワインの徳用パックも、借金と交換した小箱の山もなかった。中央にコの字を描くソファが設えられ、そのむこうを天井までの窓が壁一面にわたってひろがっている。都心の夜景が放つおびただしい数の光が映り込み、界隈の高層ビルをしたがえながら、間近の東京タワーが赤みを帯びた暖色の光につつまれていた。

「何か、後ろめたいことしてるからだろ……こんなの」

タケシは苦りきった顔でつぶやいた。

「それは違う。違法性はないし、人の健康や美容に役立ち、何より経済的自立を手助けすることが道義に反するとは思わない。実際、それで救われた人をたくさん見てきた、会わせてもいい」

タケシを前に、これほど気後れすることなく主張している自分が何だか奇妙だった。ゆっくりと話していくうちに呼吸が深まり、鳩尾の奥に静止して浮かぶ一点が意識されてくる。

「もちろん今だって完璧ってわけじゃない、問題が全くないとは言わない。でも、少しずつ良くしようとしてる。実際、ビジネスのシステムも商品も、過去と比べればずっと改善してる。変わらないのは世間の偏見だけ。政治だって、そうでしょ」

「それは……」

「一緒だよ、俺も、タケシも。本気で世の中を良くしようとしてるのは」

何か言いかけるタケシをさえぎり、抑えた声でつづけた。

「ニューカルマが毎月、子供の貧困を解決するようなＮＰＯに寄付してるのも、社長をはじめ会員の多くがそういったＮＰＯを通じてボランティアに参加するのも、もしかしたら無意味な行為で、人によっちゃ偽善ととるかもしれない。でも俺は、それで子供が喜んでくれて、周りの関係者が感謝してくれてる限り、間違いなく何かが良い方にむかってるって信じられる」

先日の児童養護施設でのボランティアの帰りしな、木村社長が洩らした言葉がよみがえる。

――ガキじゃなくて、こっちが救われてんのかもな。

「もう決めたんだよ、俺は。これで行くっていう覚悟を。誰がどう思うかなんて、どうだっていい。気にしないし、問題じゃない。そのせいで、俺から離れるような奴は離れてくれていい」

テーブルを見つめるだけで、タケシは何も言い返してこない。

「たとえ全てを失っても、俺はこれをやっていく。それぐらい可能性を感じてるし……信じてるんだよ」

カップを取り上げ、そっと口をつけた。すっかり冷め、風味が消えている。雑味だけがいつまでも舌に残った。

部屋は静まり返っている。

どれくらいカップの中を凝視していたか。

玄関のドアが開く音がして、にぎやかな声が聞こえてきた。間もなく、年少の女が、廊下から顔を出して言った。

「ユウキくん。アタシたち、あっちの部屋に入ってた方がいい？」

どこかで食事をしてきたらしい。

「いえ、いいですよ。こちらにいらしても」

そう返すと、リビングの照明がともり、女二人と男児、それに年配の男がタケシに軽く会釈しながら部屋に入ってきた。

四人の年齢は十代から六十代とバラバラで、劣悪な環境の違法風俗店から抜け出してきた女とその子供、不倫をしていた夫と別れて路頭に迷った女、体を壊して仕事と家族を失った男と、それぞれの事情もひとりひとり違う。

四人はリビングのソファに腰を下ろし、テレビを観はじめた。

「誰？」

困惑した顔でタケシが訊く。

「助けたんだよ。行くとこないって言うから」

静かな調子で応えると、タケシが息を呑んだ。

瞬きもせず、僕の肩越しにソファに座る四人を見つめている。

その顔は複雑な陰影にゆがみ、底知れぬ諦念が浮かんでいる。一度も眼にしたことのないタケシの表情だった。

これまで何をやっても埋まらなかった心の深部にある空隙が、小さな針で刺されるのに似た確かな痛みをともないながら、ひっそりと満たされてゆく。

「……帰るよ」

タケシが立ち上がり、重い足どりで玄関にむかう。

終わる、と思った。今ここで声をかけなければ、これまで途切れることなくつづいてきた、代わりのきかない関係がばっさりと断ち切られてしまう。そうした確信にも近い予感にとらわれつつ、僕は身じろぎもしないまま無言をつらぬいていた。

玄関のドアの開く音がし、閉まる音がつづく。リビングのテレビから流れる声と、それに反応する四人の忍び笑いが背中に聞こえてくる。

都内での講演を終え、マンションに帰宅すると、部屋は真っ暗だった。

壁のスイッチを押してダイニングの電気をつけたが、もう床についているらしく、同居人らの姿はない。リビングの方も暗闇がひろがり、静まり返っている。

テーブルにラップのかかったサンドイッチの作り置きがあり、かたわらに僕宛の大きな封筒が置かれていた。確かめると、先日訪れた出版社から送られてきたもので、中に発売前の週刊誌が一冊入っている。

片手でネクタイをゆるめながら該当ページを開くと、対談の様子がそれらしい体裁でまとめられており、本文の脇には対談前に撮影したモノクロームの写真が添えられていた。ページを開いたまま、その写真を見つめた。

応接室の壁を背に、タケシとならんで立っている。普段メディアに出る際は決まって緊張の表情を保っているタケシも、このときばかりは肉の厚い頬をゆるませ、目尻に皺をよせている。何か思い詰めているようにも、放心しているようにも映る仏頂面の自分とは対照的だった。

週刊誌を閉じ、ぞんざいにテーブルの上へ放り投げた。

サンドイッチをビールで流し込んだあと、ウイスキーを呑みながらリビングのソファで寛いでいるとスマートフォンが鳴った。ディスプレイには、小嶋さんの名前が表示されている。

「すみません、こんな夜中に」

夜更けだからというばかりでなく、どことなく相手の声に力がなかった。

「いえ、ちょうど帰ってきたところなので。どうされました」

ローテーブルに置いてあるグラスに眼をやる。ボトルからそそがれたウイスキーが、淡いフロアランプの微光をうけて黄褐色に沈んでいる。

手をのばし、少しだけ口にふくんだ。舌がほんのりと灼け、カスクの豊かな香りが鼻腔を満たす。

「この間の、ネットの記事の件なんですけど」

　すぐにわかった。

「ああ、あのいい加減な記事」

　二週間ほど前のことになる。ジャーナリストが寄稿する告発系のニュースサイトで、運悪くニューカルマが槍玉に挙げられた。記事中では、ニューカルマが、商品にふくまれるタバマリの健康被害を隠蔽したままそれを販売しつづけ、暴利をむさぼっているとして詳細に報じられていた。

　それを見た小嶋さんがひどく動揺して連絡してきたが、そのときはこちらの説明に納得し、落ち着きを取り戻したはずだった。いくつかの地域で大きなグループを擁する彼女のことだから、もしかしたらその後も、記事を理由にメンバーから厳しい突き上げを受けているのかもしれない。

「木村社長がおっしゃってましたけど、事実無根だからっていって今度訴訟を起こすみたいですよ。やっぱり多いんですって、記者にお金渡して適当な記事でっちあげて、それでライバルの同業他社を潰すみたいなことっていうのは」

　やや声を落とし、嚙んでふくめるようにゆっくりと話す。

　疲れていた。小嶋さんの不安を取り除き、早く横になりたかった。

「放っておけばいいんです、そんなの。大丈夫ですよ」

いくらか語気を強め、再びグラスに口をつける。

受話口のむこうが静かになった。

ソファの背に身をあずけて右腕をまわし、重い瞼を窓にむけると、消灯した東京タワーが闇夜に埋もれているのが視界の端に入った。黒い影と化した構造物を見るともなく見ているうち、呼吸が穏やかになっていく。

「私……確かめてもらったんです……記事に書かれてた、病院で働いてる知り合いがいるっていう友達に頼んで……そしたら、ニューカルマの商品使って重症になった患者が入院してるって」

わずかに鼓動が高まった。

黙したまま上体を起こし、グラスをテーブルに置く。はじめて耳にする話だった。

「もしかしたらあの記事の通りなのかなって……」

小嶋さんが今にも泣き出しそうな声を洩らす。

「そんなことないですよ、そんなことないです絶対。それだけじゃ、因果関係なんてわからないし、タバマリがどうこうなんて何も言えないですから」

平静を心がけたが、胸が締めつけられるように呼吸が浅くなっていた。

「でも、私がこないだサンプル渡したアサミも……何か肌の調子悪くなったって言ってて」

震えた声が淡い期待を砕く。

涙を拭う小嶋さんの様子が目に浮かんだ。以前、喧嘩別れに終わった銀行員の友人とも、その後、関係を修復することができたと嬉しそうに話していたのはいつだったか。

「……さっき……アサミのお母さんから、病院に運ばれたって連絡がきて」

「病院に？」

本当だろうか。

これまでも、サプリメントや美容液などの製品について、体の不調に関する苦情はあったが、便秘、むくみ、肌のひりつきといった軽度なものしか聞いたことがない。いずれも一時的な好転反応か、そうでなければ体質との相性で片付けられるものだった。

「とにかく、ちょっと今ここじゃ何とも言えないので……明日、セミナーがあるので、その前に本社に寄って、木村社長に時間とってもらってもう一度確認してみます」

呼吸が苦しかった。鳩尾の一点を通ってゆるみなく張られた細い糸が、ぎりぎりと巻き上げられるような感覚に襲われる。

電話を切ろうとしたが、相手に制された。

「竹田さん……大丈夫……ですよね」

その声は、依然として震えを帯びていた。

「……大丈夫ですよ」

すっかり電光の絶えた窓外の闇を見つめた。高層ビル群の輪郭をなぞる赤い障害灯が、無言で明滅している。

音もなく電話が切れた。

グラスに手をのばし、口をつけてかたむけたが、もう酒は残っていなかった。


「何よ何なに、朝っぱらから、話って」

応接室に入ってきた木村社長が、おどけた調子でむかいの席に座った。

期待をふくんだような無邪気な笑顔を前にし、思わず視線が下がる。やはりこのままうやむやにしておくべきかもしれない。

「何、どうしたのよ」

優しげな声に重なり合うように、小嶋さんの震えたそれが思い出されてくる。意を決して顔を上げ、切り出した。

「あの……インターネットの記事のことなんですけど。ウチを批判してる」

束の間、静寂が訪れた。

「……もう説明したろそれ」

木村社長の顔から笑みが消える。いつかも見た、身がすくむほど真っ暗な眼だった。

「わかんねえ奴だな、竹田ちゃんも」

うんざりした様子で溜め息をつくと、椅子の背にもたれ、頭を支えるように両手を後ろに回した。背広の前が開き、椰子の樹形が描かれた、鮮やかな黄色の裏地があらわになった。

「そんなガセネタでいちいちガタガタ言ってっと、この先やってけねえよ？　この問題はもうこっちでやるから。顧問の先生にも頼んであるし、竹田ちゃんが気にすることじゃないんだよ。もうこれでおしまい。な」

苛立たしげに言って、立ち上がろうとする。

「ですけど、小嶋さんの友人がウチの商品つかって、それで昨日、アレルギー症状が出て病院に運ばれたって。それって、ちょっと普通じゃないと思うんですけど」

「アレルギーなんて言いがかりの典型じゃねえか、タコがっ」

蹴り上げられた椅子が激しくぶつかり合う音とともに、怒声が部屋にひびきわたる。真っ赤に上気した顔で僕を睨みつけている。

「花粉症ある？　お前」

感情を欠いた声で木村社長がつぶやく。

薬に頼るほどではないが、春先になると目元に多少のかゆみが出る。

「生卵は？　食べれる？」

「ええ……食べられますけど」

何が言いたいのだろう。

「俺の女は食べれない。細かいこと気にする奴は？」

「え」

「俺は駄目。細かいこと気にする奴相手にすると蕁麻疹でんだよ。それと一緒。アレルギーなんて、んなもん気にしてたら、世の中にあるもん全部駄目になるだろうが。自明だろ、んなもん」

木村社長が腕の辺りを不快そうに掻いている。

こちらへの面当てであることは確かだが、それでも言っていることが全く理解できないわけではない。

「……それはそうかもしれないですけど」

木村社長の言う通り、記事の健康被害に関する批判も、やはり重箱の隅をつつくようなものなのだろうか。

「大衆だますような事実なんてな、んなもん作ろうと思えばいくらでも作れるんだよ。どいつもこいつも、結局はてめえの都合のいい綺麗事あたえりゃ犬みたいに尻尾ふって喜ぶんだから」

木村社長が疲れたようにつぶやく。経験があるのか、言葉以上に実感がこもっていた。

互いに口を閉ざす。

見ると、相手は窓に眼をむけていた。

未明からの雨が降りつづいている。茫洋とした空が薄暗くけぶっているだけで、雨脚の影ははっきりしない。路面を打ちつけているはずの雨音も、ここまではとどいてこなかった。

「もうひとつ……訊いていいですか」

木村社長が面倒臭そうに顔を戻した。

「ウチの商品が大手と同じ工場で作られてて、タバマリのエキス以外、原料も配合割合も全く同じじっていうのも、あれもやっぱり……嘘ですか。記事には、一番原価のかからないラインと同じじって……ありましたけど」

それが事実とすれば、一般に流通するものよりも原価の占める割合が格段に高く、選りすぐりの原料を使っているという、これまでセミナーで自分が謳ってきた文句は、全てでたらめということになってしまう。

「お前、どう思う?」

こちらを試すような目つきで微笑する。

どうなのだろう……木村社長を信じたかった。

「……わかりません」

突然、相手は仰け反って笑い声をあげた。

「アッハッ、ハ、ハ、ハ、ハ」

目に涙をにじませて笑いつづけている。いつもの、どこか他人に見られることを意識した笑い方とは違う、心の底から可笑しくてならない様子に見えた。

「一緒いっしょ。全部一緒」

涙を浮かべながら笑いをこらえている。

「一緒って……記事の通りってことですか」

思わず声が大きくなった。

「ベースは全部一緒。安く作ってもらってんだから、当たり前じゃん。タバマリのエキスちょろっと入れて、パッケージ変えると、それでウチのオリジナルになるんよ」

木村社長の顔に険しさが戻っている。

「タバマリもさ、むこうの市場でたまたま見つけたんよ。何か別のややこしい名前だったけど、俺がネーミングして、研究所に金はらってエキスにしてもらって。金に困ったポスドクの奴にさ、小遣いやって適当に論文とか書いてもらって。フランクセレクションの最高金賞もそう、高いんだよあれ。多分、効くよ。自然のもんだから。俺は使ってねえけど」

にわかには信じがたい内容だった。体が熱くなってくる。

「それで、何か問題あんの？」

　とぼけた顔で僕を見る。

「いや……あるもなにも……」

「別にいいじゃんそんなの、使ってる奴がそれでいいって言ってんだから。大事なことじゃないっしょ全然」

「大事なことじゃ……ないんですか」

　かろうじてそれだけ言い返した途端、

「大事なのは、お前が救われてるってことだろうが」

　と、木村社長の張り上げた声が部屋にひびきわたった。

「派遣社員辞められて、ハワイ行けて、母ちゃん温泉旅行連れてけて」

　いつだったか。贅を尽くした料理を前にして、思いがけぬ息子の歓待に目頭の涙をぬぐっていた浴衣姿の母が思い起こされる。その際も、結局ニューカルマのことは打ち明けられずにいた。

「タワーマンション住めて、みんなからチヤホヤされて、そんで市長の友達見返せて」

　タケシの顔が脳裏に浮かぶ。先日の別れ際に見せた、もう二度と立ち直ることができないのではと思われるほどのうちひしがれた顔。

「全部お前の望んでたもんじゃねえかよ、タコが。お前のしみったれた偽善で手に入んのかよそれ」

何も言い返せなかった。

「返せよっ、俺の弟。頼むから、お前のションベン臭い正義で返してくれよ。今すぐ、ここに連れてきてみろよ」

部屋にひびく怒号が、心なしじめついて聞こえる。いたたまれなくなり、テーブルに視線を落とした。

「どうしたいの、お前。綺麗事じゃ人なんて救えないよ？」

顔を上げると、冷めた眼で僕を睨んでいた。

「ウチを潰したいの？」

「……いえ……違います」

「またホットウイスキー売りたいの？」

寒空の下で、虚しく声を張り上げていた記憶がよぎる。あの頃にはもう、戻りたくはなかった。

「それとも何、またババアに売春すんの？」

その言葉を聞き、頭の中で何かが音を立てて破裂した。

「知ってるん……ですか」

性具を手にした金村が嬉々として罵声をあびせ、赤いペディキュアの塗られた足の指をしゃぶるよう執拗に要求してくる。

「ウルトリアの石黒が嬉しそうにペラペラ話してたよ、おだてたら何でも言うこと聞いてくれる迷える子羊がいるって。言ったろ、業界狭いんだよ。あのハゲ、俺の犬なんだ昔から」

どこかから湧き上がった無数の嘲笑が耳をつんざく。足下が崩落する感覚にとらわれ、咄嗟に肘掛けを強く握りしめて目をつむった。

沈黙が流れた。

「竹田ちゃんさ」

目を開くと、木村社長がいつになく優しげな表情を浮かべていた。

「いいも悪いもないんよ……世の中。腐ってんだからさ、根本から」

心ある響きだった。思わず眉間が緊張する。手で払って、思い切り撥ねつけたかった。そうすべきだった。

「細かいことはいいんよ、そんなの。わかりやすい大義なんよ、肝心なんは。竹田ちゃんさえ黙ってりゃ、みんな救われたまま、いい夢見れて、そんで幸せでいられんだから。ずっと」

静かな口調に引き込まれ、朦朧としたまま、気づけば頷いていた。

「このあと、渋谷でセミナー入ってるっしょ。もう行きな。俺も、あとで追いかけっから」

優しく背中を押すように声をかけられて、僕は応接室をあとにした。

足下が覚束ない。痺れに似た感覚に全身がつつまれている。

エレベーターで地上階に降り、ビルの外に出たところで、不意に呼び止められた。

振り返ると、見知らぬ大柄な男が駆け寄ってくる。

「竹田さんですよね、ニューカルマの」

形崩れしたベージュのジャケットを着た男は、息を切らしながら言った。

呆然と黙っていると、相手はフリーランスのライターだと身分を明かしたあとで、小型のレコーダーを差し出してきた。ニューカルマ製品のアレルギー被害について見解を伺いたいという。

予期せぬ事態に、体が動かなくなった。

「ご存じですよね」

「……知りません」

かろうじて絞り出した声は弱々しく、卑屈な響きだった。

「ニューカルマの製品を使用して苦しんでいる方がいらっしゃるんです。竹田さんご自身も宣伝されてらっしゃいますよね、セミナーなどで。ひと言いただけませんか」

忙しない調子で記者が問いつめてくる。

歩き出そうとすると、記者はポケットから取り出した紙をひろげて見せてきた。

背中に冷たいものが走った。

紙には何枚かの画像がカラーで印刷されている。どこかの病室で撮られたものなのだろう。真っ赤に腫れ上がった若い女性の顔やケロイド状にただれた首もとが写し出されていた。ニュースサイトで指摘されていた健康被害というのは、このことを指しているのだろうか。別の画像には、同じ女性のものと思しき背中一面に地図状の発疹が現れていた。

「こちらの方はショック症状が出て、一時、意識不明に陥ったそうです。他にも同様の被害が何件も報告されてます」

返事をすることもできず、その場に立ち尽くす。

「ニューカルマの美容液〝ニュータバマリフォース〟に含有されてるタバマリエキスが原因で、アナフィラキシー反応などの運動誘発性アレルギーが発症してるという医療機関の検査報告もあります。こうした事実は、認識されてらっしゃったんですか。知らないってことはないですよね」

「……知りませんって」

早口で詰め寄ってくる記者の声が耳元を過ぎていく。大きく息をつこうとするが、思いのままにならない。

「ちょっと……急いでますんで」

息苦しさを感じながら、記者を振り切って駆け出した。足に力が入らず、つんのめりそうになる。

「逃げないで答えてくださいよ。知っててやってたんですよね、全部。何も責任を感じてらっしゃらないんですかっ」

大きな声が背後からきれぎれに追いかけてくる。

空をかくようにして走っても、なかなか前に進んでいかない。鉛かと思うほど足が重かった。どうにか通りまで出て、近づいてきた一台のタクシーに飛び乗った。

「とにかく出してください」

悠長に行き先を訊ねてくる運転手をうながした。ゆっくりと車が動きだす。

シートに肘をついて後ろを見ると、路上に立ち尽くす記者の姿が小さくなっていく。追ってくる様子はなかった。

体の痺れが増していた。感覚がほとんどない。行き先を告げた車が進むにつれ、見慣れた景色が遠近感を失い、緩慢になってゆく。

歩道を歩く性別不詳の顔が、黙ってこちらを凝視している。能面さながらの顔はひとつではなかった。おびただしい数。目眩(めまい)がしてくるというのに、どうしても眼をそらすことができない。

膨大な顔の中に、目元が塞がるほど赤く腫れ上がった女の顔がある。彼女の顔をじっと見つめているうち、いつしか世界が旋回していた。停止する気配はなく、むしろ速度を増していく。世界は不気味に唸りながら高速で回りつづけ、やがて鼓膜がやぶれそうなほどの轟音に達したかと思うと、周囲の音はすっかり消失し、景色はうっすらとした灰一色に溶けた。

灰色の景色をぼんやりながめていると、突然そこに地割れに似た罅が入り、裂け目からまばゆい情景が水のごとく流れはじめた。

見覚えがある。

何だろう。

遠い記憶だ。

遠い……遠い記憶……。

――教室のドア口に小学三年生の僕が立っている。

そうだ、昼休みの時間だった。給食当番のため、食器や牛乳パックを一階の給食室に片付けに行き、戻ってきたのだ。

雨で外に出られないこともあって、教室は騒々しい。新学年に入り一緒になったばかりのクラスメイトは、思い思いに寄り集まって楽しそうに話し込んでいる。何人かの男子生徒は大声をあげながら机の間を走り回っていた。

僕のことを呼ぶ声がする。

顔をむけると、五、六人の男子生徒が教室の後方で輪になってこちらを見ていた。

「竹田、ちょっとこっち来て。集合」

上背のあるリーダー格のひとりが手招いて言った。

輪に近寄り、

「何?」

と訊ねると、皆でゲームをしているから参加しろという。

「誰があいつ最初にキレさせられるかゲーム。いい子ぶって、うぜえじゃん。ルールはさ、黒板に何書いてもよくって、とにかく、最初にキレさせたやつが勝ち」

リーダー格が得意げに説明し、周りの取り巻きたちが笑いながら教室の前方に眼をむけた。

前から二列目の廊下側の席で、タケシがひとり机にむかって黙々とノートに何か書きつけている。まだ左腕に義手はなく、がらんどうのシャツの袖が肩から垂れていた。

「今黒板に書いてあるやつ消して、お前もなんか書いてきて。パンチあるやつじゃないと全然ダメだから、あいつ」

黒板を見ると、黄色いチョークでタケシの左腕を揶揄するむごい言葉が走り書きされ、その下に隻腕(せきわん)の人間が下手な絵で黒板一杯に描かれている。

「いや……いいよ俺は」

断ろうとしたが、

「は、何言ってんの。無理なんだけど。早くやれよ。次、お前の番なんだから」

と、リーダー格にきつい口調でさえぎられた。

取り巻きたちが好奇の色を目に浮かべて囃(はや)し立てている。

逃げることもできず、どうすべきかもわからなかった。

「何でもいいんだよ、馬鹿。じゃあ俺が決めてやるよ。ええと……じゃあこれは?」

リーダー格の提案を聞いて、輪に歓声が湧き起こった。

「めっちゃパンチ効いてんじゃんそれ、決まり決まり。それでいってみようぜ」

「竹田、早く早く。昼休み終わっちゃう」

誰かが嬉しそうに急かす。

まごついたまま、足が動かない。

「早くしろって」

リーダー格に背中を突き飛ばされて、机の間を縫うようにして前方にむかった。期待まじりに囃し立てる声が、幾度も背中に投げつけられる。

黒板の前に立ち、チョークで汚れた黒板消しを手に取った。端の方から落書きを消していく。

そのときだった。

「誰だ、こんなの描いたのはっ」

突然の怒声に驚いて振り向くと、肥えた担任の女性教師が憤怒に満ちた顔で、教室の入り口に立っていた。

「何なのこれ。誰。誰なんだ。描いた奴、早く出てこい」

男勝りの太い声を張り上げ、ジャージ姿の担任が重そうな体を揺らして教壇に歩み寄ってくる。

教室は静まり返り、誰ひとり担任の呼びかけに応えるものはいない。後ろで輪になった当人たちは、素知らぬ顔で事態を静観している。

僕は黒板消しを手にしたまま、足がすくんで動けなくなっていた。

担任は教室全体に呼びかけていたが、僕が自ら罪を認めるのを待っているように見えた。頭の中で思いつく限りの言い訳をならべてみても、所詮は自分も同罪なのだという自覚は消えてくれない。

勇気を奮って、正直に状況を説明すべきだった。硬直した体は根を下ろしたように言うことをきかなかった。

教壇に立った担任は、一向に誰も名乗り出ようとしないのを見て、犯人探しを諦めた。

「何で、こういうことが平気でできんのよ。先生は本当に哀しいし、悔しい。いい、夕ケシの体はみんなと違うけど、これはタケシの個性なの。背が高いとか、肌の色が黒いとかと一緒。どうしてそういうことがわからないのよ。言っとくけど、苛めだけは絶対に先生は許さないから」

教室を見回しながら神経質な声で叱りつけると、担任は、僕が手に持っていた黒板消しをとり、代わりに落書きを苛立たしげに消していく。

やがて綺麗になった黒板から眼を離し、こちらに向き直ってささやいた。

「ユウキ。放課後、職員室に来なさい」

放課後、クラスメイトが掃除を済ませ、次々と教室をあとにしていく。

このまま皆に紛れて帰ってしまおうかとも思ったが、ますます事態が悪化しそうな気がし、恐る恐る職員室にむかった。

職員室に入り、席まで行くと、そこには担任と言葉を交わすタケシの姿があった。罪の意識が高まり、動悸がする。膝頭が激しく震えていた。

担任がこちらに気づき、表情をゆるめた。

「ユウキ、さっきはありがとね」

思いもしない称賛だった。

「今日ユウキのとった行動は、本当に素晴らしいことだから。ひとりでタケシを助けて。本当に勇敢で、立派。あれ見て、先生、何だか感動しちゃった」

普段は叱りつけてばかりいる担任が、脂の浮いた丸い顔に笑い皺を作って僕を褒め讃えてくる。

その大いなる誤解を、僕は否定することもできず、呆然と受け止めていた。何か取り返しのつかない大変なことをしてしまっていると思いつつ、一方で、体全体がほんの少しだけ宙に浮いたような感覚につつまれているのを感じていた。それまで経験したことのない、言葉にしがたい感覚だった。

「タケシもね、苛めに負けないで本当に立派だった。ユウキ、これからもタケシのこと守ってあげて」

担任から投げかけられる心地よい評価を耳にしながら、そっと隣のタケシに眼をむける。

じっと僕を見ていた。いかなる感情を読み取ることも許さない、人形じみた顔だった。僕を見つめたままタケシが何か言っている。よく聞き取れない。

謝りたかった。大声を張り上げて謝りたかった。そんな顔をさせるつもりなどなかった。口を開いても、言葉が出てこない。思い切り、喉に力をこめて叫んだ。喉に違和感が残るだけで、声が出てくれない。構わず、口の中でタケシに洗いざらい白状してみると、不思議と言葉がなめらかに紡がれて空気を振動させた。

「……そんなつもりじゃなかった。違うんだって、全然そんなんじゃないんだよ。そうするしかなかったんだ」

膝をつき、タケシにすがりつきながら声を出すにつれ、雑念が消えてゆく。熱いものが幾筋も頬を伝って止まらない。

無心で懺悔しているうち、タケシの顔が蠟を溶かしたように徐々に崩れ落ち、間もなく両瞼の塞がった女の顔になった。元の顔の大きさがわからぬほど腫れ上がり、頬や額のただれた箇所から、黄色い体液が涙さながらに流れ落ちている。体液にまみれ、表情の失われた女の顔は、嘆き悲しんでいるようにも、怒りに震えているようにも見えた。

「も、申し訳……ありませんでした」

女の顔が二つに分裂したかと思うと、連鎖して分裂を繰り返し、みるみる大勢の顔に増殖していく。

僕はおののきながら頭を深く下げ、声を絞り出した。

「取り返しのつかないことしてしまって、本当に申し訳ありませんでした。もう何とお詫びしていいのか……でも、そんなつもりじゃなかったんです、本当に何も知らなかったんです。まさかこんなことになるなんて。私はタバマリを信じてましたけど、でもダメなんです、あれ。全部デタラメだったんです、そんなすごいものじゃなかったんです。社長は全部わかっててやってたんです。何を言っても赦されることではありません。でも、私はただ、皆さんのためを思ってやっただけなんです。本気で、本気で皆さんを救いたかったんです」

辺りがざわめいている。

顔を上げると、マイクを手にしてセミナールームの壇上に立っていた。二百あまりある席は、ほとんど参加者で埋まっている。

会場の一番後ろに木村社長の姿があった。腕を組んで壁によりかかり、僕を見ている。いつもの無邪気な笑みを浮かべているのか、不機嫌に睨んでいるのか、ここからはわからなかった。

ざわめきが大きくなり、説明を求める会員の神経質な声が方々から飛び交いはじめた。社員と思しき男が、後ろの出入り口からこちらに近寄ってくる。傍まで来て、会員資格を失効したので即刻退場しなければならないと耳打ちした。

見ると、会場の後ろにいたはずの木村社長はもういなかった。

*

到着時刻を十三時二十五分に予定している飛行機が、定刻通り着陸態勢に入った。機体を小刻みに揺らしながら徐々に高度を下げていく。痛覚を鼓膜に感じつつ、僕はシートに背をあずけて窓に眼をむけた。

絶えずしなう主翼に半ば視界をはばまれながらも、遥か下方に、埋め立てによって複雑に入り組んだ東京湾の人工的な輪郭が見てとれる。湾内を行くごま粒ほどの船影が、のっぺりとした鈍色の水の上で白い航跡を引いている。一年近くにおよぶ中国の旅がようやく終わったことを実感しながら、次第に細部がはっきりしてくる眼下の景色を飽かず見つめた。

やがて機体は大きな衝撃とともに車輪を接地させ、灰色の滑走路を窓に映しながら、少しずつ減速していった。

帰国した翌日から、僕は都内の不動産屋を回り、物件を探しはじめた。

三軒目に訪れた不動産屋で年配の男性担当者に案内され、駅からやや離れたところにある古びた雑居ビルに着く。エレベーターに乗って三階で降りると、担当者がドアの鍵を開けるのを待ち、中に足を踏み入れた。

十坪ほどの内部は、思いのほか間口が広い。グレーのカーペットタイルが床に敷き詰められ、青や白のケーブルがところどころタイルの隙間からはみ出している。

「立地はそれほどよくありませんが、前が開けてるので日当たりもいいですし、気持ちよくお仕事もできるはずです。周りは食事がとれるところなんかも多いですから、お昼にも困りませんし」

通りに面した窓からは春の陽光が差し入り、大きな日向(ひなた)をひろげている。担当者が天井の照明をつけてもさほど明るさは変わらなかった。

「事業の方は美容品と健康食品の販売ということでしたけど、それは店舗を設けず、インターネットとかで？　そうしますと、これだと在庫なんかのスペースが少し——」

かたわらにひかえた担当者が遠慮がちに意向を訊ねてくる。

「いや、うちは、顧客は会員だけですし、商品も工場から直接顧客に発送してもらうようにしますんで、ここで十分ですよ、当面は。上の貸し会議室も、使えるんですよね？」

「ええ、有料ですが、空いていればどなたでもご利用いただけます」

その回答に何度か頷き、部屋の中央に立って、辺りを見回しながらデスクなどの配置を検討していった。

「我々の間でもよく話に出るんですけど、昔から縁起がいいんですよ、ここは。入られた方皆さん不思議と事業がうまくいって、もっと大きなところに移られてますから」

担当者が誇張のない調子で話している。

僕は窓際に近寄り、少し外をながめてから振り向いて言った。

「ここにします」

オフィスを契約したのち、リサイクルショップに赴き、デスク、椅子、スチール製の棚、ブラインド、固定の電話機など、業務に必要なものを買い揃えた。それらをオフィスに運び入れ、徐々に体裁を整えていく。

入居してから一ヶ月ほど経ったこの日、朝早くオフィスに出社した。

デスクで商談の準備を済ませると、昆明（こんめい）からとどいたばかりのサンプルの粉末を段ボール箱から取り出し、中身を確認してから送り主に電話をかけた。

くぐもった呼び出し音がしばらくつづき、間もなく、劉（りゅう）さんが出た。

サンプルが無事とどいたことを、発音は決して正確とは言えないが、それでもゆっくりとした中国語でつたえる。相手は快活な笑い声をあげ、次の注文待ってるよ竹田社長、と成功を祈ってくれた。

電話を切ったあと、大きな袋に入った粉末の一部をプラスチックケースに小分けにし、鞄に入れてオフィスをあとにした。

ターミナル駅を経由して、郊外にのびる電車に乗り、サプリメントの製造を手がけるメーカー本社を訪れた。応接室に通され、プラスチックケースに入ったサンプルをテーブルに置きながら、先方の担当者と今後の方針を話し合う。午後は、都内にあるシステム会社に赴き、会員専用サイトに必要なシステムの細かい仕様について、何度目かになる打ち合わせを行った。

この日予定されていた打ち合わせが全て終わり、オフィスに戻ってきたときには午後四時を過ぎていた。

入り口脇の小さな台所に立ち、湯を沸かしてカップにそそぐ。市販されているハーブのティーバッグを色が出るまで浸したところで、サンプルの白い粉末を小さじ一杯ほど入れ、粉末が溶けるまでかきまわした。

ハーブティーを飲みながら、委託したデザイナーから送られてきたコーポレート・ロゴとパッケージのデザイン案を確認していると、背後の窓で荒々しい音がした。

肘掛けに手を置いたまま椅子を回し、窓に眼をむける。強風が吹きつけ、薄汚れたガラスを執拗に叩いていた。

先ほどまで明るい光に満ちていたはずの外は、夕暮れとは思えぬほど暗く沈んでいる。窓辺に椅子を近づけて空を仰ぎ見ると、煙のようにくすんだ雲が折り重なり、むかいに立ちならぶ雑居ビルの頭上をおおいつくしていた。

しばらくの間、作業に戻ることも忘れ、重くたれ込めた黒い雲をながめた。

デスクの上のスマートフォンを手にとり、窓の外に視線を戻して耳に当てる。

呼び出し音が鳴る。

四コール目で、耳になじんだ声が聞こえた。短い沈黙のあと、僕は口を開いた。

「タケシ、話があるんだ」

解説

大矢博子

不動産販売に携わる青年を主人公に、「仕事とは何か」「働くとは何か」を描いた第三十六回すばる文学賞受賞作『狭小邸宅』（集英社文庫）で、二〇一三年にデビューした新庄耕。単なるブラック企業物語ではなく、働き方を見つめ直すという点から時代を切り取った『狭小邸宅』は大きな話題を呼び、次作にさらなる期待が集まった。

それから三年。少々待たせすぎではないか、と思っていたところに発表された第二作が本書『ニューカルマ』である。待った甲斐があった。前作にも増して現代社会のリアルを正面から抉り、働くということの意味を深く再考させる物語だ。

本書のテーマはネットワークビジネス、いわゆる「マルチ商法」である。

電機メーカーの関連会社に勤めるユウキのもとに、大学時代の同級生・シュンから電話が入る場面で物語は幕をあける。ネットワークビジネスの勧誘だ。まったく興味を持てずに放っておいたが、なりゆきで一度だけ説明会に参加することに。その場でもまだいかがわしさを感じていたものの、次第に会場の熱気と成功者である幹部の自信に引き込まれていく。いつしかネットワークビジネスにはまり込んでしまったユウキ。だがそのせいで、会社でも故郷でも孤立することに……。

はじめはネットワークビジネスに否定的だったユウキが、なぜ自らその中に入っていったのか。そしてなぜ、あっという間にはまり込んでしまったのか。その過程を赤裸々に描くとともに、その先でユウキを待つ意外な運命に読者も一緒に翻弄されることになる。

本書の魅力を解説する前に、まずネットワークビジネスとは何かについて説明しておこう。

ある商品（本書なら化粧品やサプリメント）の購入者が販売員となり、別の人物に商品を購入するよう勧める。さらにその人がまた次の……というふうにピラミッド型の販売形態ができ、自分の下流で売り上げが出るとポイント換算などにより上位者にもその一部が支払われるというシステムだ。ネットワークビジネスの他にマルチレベルマーケティング（ＭＬＭ）という言い方もあり、ここからマルチ商法という呼び方が生まれた。商法の用語では連鎖販売取引、という。

よくネズミ講と混同されるが、ネズミ講が法律で禁止されているのに対し、マルチ商法は、さまざまな規制や制約はあるものの、それらを守っている限りにおいては違法ではない。この方法をとる有名な会社が存在している、ということを考えても、禁じられているわけではないということがお分かりいただけると思う。

ただ、違法ではないと言われても、どうしてもネガティブな印象を持ってしまいがちなのも事実。消費者の側にも正しい知識がなく、一九七〇年代のネズミ講事件や、豊田商事事件に代表されるような八〇年代前半のさまざまな悪徳商法、高額商品を売りつける訪問販売のトラブルの社会問題化などによって、似たような形の商法をすべて一緒くたに考えて警戒してしまうという背景がひとつ。そして人を巻き込むというシステムゆえに、本書のユウキが陥ったように、人間関係にビジネスを持ち込んで関係を壊してしまう例が多い、というのもある。おそらく本書を読んでいる人も、これまでに一度か二度は、知り合いから勧誘された経験があるのではないだろうか。

それだけネガティブな印象を持たれながらも、ネットワークビジネスは定期的にブームが来る。そして現在、大きな問題になっているのは、SNSを介して勧誘を行うというタイプの商法である。ターゲットは若者だ。そして実際に、ネットワークビジネスにはまる若者が多いという。

なぜ若者なのか。なぜ、何にでもなれるはずの可能性に満ちた若い世代がネットワークビジネスに惹かれるのか。その理由が、本書を読むと見えてくる。と同時に、なぜ著者が本書のモチーフとしてネットワークビジネスを選んだのかも、浮かび上がってくるのだ。

本書を読んで上手いなあと思ったのは、ユウキがウルトリア（作中のネットワークビジネス）に徐々にはまっていく過程だ。

最初はまったく興味がない。むしろ勧誘を迷惑がっている。それがなぜ説明会に行ったのか、具体的な理由は書かれていない。だがその前に、仙台の実家に帰り、旧友に会い、母と会話をする、その過程で少しずつ心にイライラが溜まっていく様子がうっすらと描かれる。そして説明会での入会を一旦は断ったものの、後日、会社の業績が悪化しリストラが始まるという事態に直面。転職を考えるが、自分にできそうなものがない。そんなときに思い出したのが、ウルトリアで成功し豪奢な生活をしている女性の「私だって、最初はビジネスなんて何もわからないごくごく普通の主婦だったんだから」という言葉だった。

じわじわと膨れ上がる正体不明の閉塞感と、将来への不安。

自分に対する自信のなさと、それでも大丈夫と言ってもらえたことへの安心。

ああ、若い人がネットワークビジネスに入っていく理由はこれなのか、と腑に落ちた。終身雇用制は崩れ、正社員としての採用は難しく、かといって何かで一本立ちできる才能もなく、起業する資金もノウハウもない。なにより、「これに賭ける！」と思えるようなものがない。夢がない。そしてそんな現状がいつか打破されるという見通しがない。

これは紛れもなく、今の日本の状態だ。私は先ほど、「何にでもなれるはずの可能性に満ちた若い世代」と書いたが、今は「何にもなれず」「可能性も信じられない」という社会なのだと痛感した。そこに、甘い誘いがくる。効率良く儲かる、素人でも成功できる、という誘いが。

けれど現実はそう簡単ではない。自分が誰かに売り、その相手がまた他の誰かに継続的に売ってくれなければ、収入はない。さらに周囲からは白い目で見られる。人間関係が破綻する。それに気づいた時点で止めることもできたのでは？　だがユウキは止めなかった。ますますのめり込んでいった。なぜか。

　著者は、ユウキのその心理状態を何段階にも分けて描写する。副収入が入って素直に喜ぶ段階。ネットワークビジネスを悪いことのように思うやつを見返したい、自分が正しいと証明したい、と焦る段階。君は悪くない、と言ってもらえることに安心し、結果を出して人に認めてもらえることに充足感を覚える段階。

　正しいと言ってもらえる喜び。評価されることの喜び。自己実現だ。承認欲求だ。これもまた、不況の中、とりあえず入れた会社で、とりあえず生活のために働いている、という環境では満たされにくい。

　将来への不安を抱きながら「とりあえず生活のために」働いているのは、若者に限らない。老後の心配や介護問題を抱える中高年も同じだ。今の世の中、誰だってユウキになり得るのである。

　タイトルのカルマとは業（ごう）のことである。認められたい、幸せになりたい、安心がほしい、生きがいがほしい、という人間の業が、ここにある。と同時に、それを利用するシステムが、形を変え法の目をくぐり、常にこの世にはびこっていること自体、社会の持つ業なのかもしれない。

　ところが——読んでいくうちに、変な気持ちになってきたことを告白しよう。展開が、少し予想と違う。ネットワークビジネスにはまった若者の破滅を描く小説だと思っていたのだが、もしかして、そうではないのかも？

　ここでユウキの旧友・タケシの存在に注目。生まれつきの片腕の欠損で義手を使っている彼は、そのハンデに負けず、仙台市議会議員を経て市長に立候補する。真面目で、地元を少しでもよくしようと一生懸命だ。ユウキのことを心配して東京まで出てきて、ビジネスを止めさせようと体当たりでぶつかってくるほど友情に篤い。非の打ち所がないというか、非を唱えてはいけない気がするほど、キラキラした存在である。

　ところが、ネットワークビジネスにはまったユウキの言い分とタケシの言い分が、だんだん似てくるのだ。人のために、世の中を良くするために、自分にできることをする――間違ってない。ユウキの扱っている商品が本当に良いもので、需要があって、喜ぶ人が多いのなら、確かに何も問題はない。むしろいいことのはずだ。特に後半のユウキは、前半の「自分は正しいと人に認めさせたい」というような歪んだ自己顕示欲や焦燥感から解放され、本当に（彼にとっては）充実した日々を送っているのだから。

　あれ？　ユウキとタケシって何が違うんだっけ？　ネットワークビジネスの何が悪いんだっけ？　時々、そんな思いにかられる。実は本書の最大の読みどころは、ここだ。著者の狙いも、おそらくはここにある。読んでいる側の足元がブレるような、不安感。粗悪な品を高く売るとか、無理やりな勧誘をするとか、人を食い物にする「悪名高きマルチ商法」の「悪名」の部分がとれたら、自分はこれまでの認識を変えるだろうか？　それともやっぱりいかがわしく感じるだろうか？　だとしたら、それはなぜか？

善悪二元論で割り切れない問題を、本書は読者の胸に残す。

物語の表層だけを見て「ほーら、やっぱりネットワークビジネスなんて胡散臭いじゃないか」と思うのは簡単だ。けれど終盤である事件が起きたとき、あるいはその事件の萌芽に気づいたとき、ユウキが何を思い、どんな行動をとったかを、前半のユウキと比べながらじっくり味わっていただきたい。

そして――思いがけないラスト。

このラストは、懲りない男の新たなる破滅へのスタートか、それともハッピーエンドか。私には、ユウキの成長と決意が滲み出るハッピーエンドに思えたのだが、さて、あなたはどう感じるだろうか。

デビュー作から本書までは三年をかけた新庄耕だが、二〇一八年には、企業の違法な長時間労働を取り締まる監督官の奮闘を描いた連作『カトク　過重労働撲滅特別対策班』（文春文庫）、それまでのビジネス路線とは異なるピカレスクロマン『サーラレーオ』（講談社）と精力的に新刊を上梓。ファンを喜ばせている。

作品の幅も広がり、今後がますます楽しみな作家である。

（おおや・ひろこ　文芸評論家）

本書は二〇一六年一月、集英社より刊行されました。
初出　「小説すばる」二〇一五年八月号〜十月号
＊本書はフィクションであり、実在の団体、個人とは一切関係がありません。

集英社文庫

ニューカルマ

2019年1月25日　第1刷　　定価はカバーに表示してあります。
2024年11月23日　第3刷

著者　新庄　耕（しんじょう　こう）
発行者　樋口尚也
発行所　株式会社　集英社
東京都千代田区一ツ橋2-5-10　〒101-8050
電話　【編集部】03-3230-6095
【読者係】03-3230-6080
【販売部】03-3230-6393（書店専用）
印　刷　TOPPAN株式会社
製　本　TOPPAN株式会社

フォーマットデザイン　アリヤマデザインストア　　マークデザイン　居山浩二

ISBN978-4-08-745831-2 C0193